DIEGO GALDINO

Der Sommer in deinen Augen

Roman

Aus dem Italienischen
von Renée Legrand

ATLANTIK

Für dich,
weil du beschlossen hast,
diese Geschichte zu lesen

Diese Liebe

Diese Liebe
So heftig
So zerbrechlich
So zärtlich
So verzweifelt
Diese Liebe
Schön wie der Tag
Schlecht wie das Wetter
Wenn das Wetter schlecht ist
Diese so wahre Liebe
Diese so schöne Liebe
So glücklich
So voller Freude
So lächerlich
[...]
Reich uns deine Hand
Und rette uns.

JACQUES PRÉVERT

Von: Vittoria Mirri
An: Tyron Lane
Betreff: Toskana
Datum: 20. März 2014

Lieber Tyron,
hiermit bestätige ich dir das Gewünschte. Die Familie Ferretti in Cetona ist bereit, dich für den Monat Juni sich aufzunehmen. Keine Sorge, ich habe ihnen schon gesagt, dass sie alle Möbel aus dem Wohnzimmer räumen sollen. Die Wohnung ist perfekt, viele Zimmer, und alle sind groß. Ich habe Signora Marcella Ferretti gebeten, mich anzurufen, wenn du angekommen bist (auch wenn ich wenig Hoffnung habe, dass du zuverlässig bist), dann kann ich dir alles schicken, was du für deine Arbeit brauchst.

Versuch in der Zwischenzeit, dir deinen schwierigen Charakter nicht allzu sehr anmerken zu lassen; weißt du, ich möchte nicht, dass sie einen schlechten Eindruck von dir bekommen …

Herzliche Grüße
deine ergebene und hoffnungsvolle Agentin Vittoria Mirri.

DIE SCHÖNHEIT IST DER SCHLÜSSEL

Der Bus hielt wie ein riesiges Meerestier auf dem menschenleeren Platz und spuckte eine kleine Gruppe Menschen aus, die sich schweigend in der großen Hitze zerstreute. Die Leute verschwanden in den Häusern wie Krabben zwischen den Klippen, nur ein Mann blieb auf der Straße stehen und sah sich um. Es war einer jener Junitage, die den Sommer vorwegnehmen, und an diesem frühen Nachmittag war es nicht leicht, draußen eine Menschenseele zu finden. Nachdem sie die wichtigsten Besorgungen erledigt hatten, blieben sie alle hinter geschlossenen Fensterläden und Jalousien verborgen.

Der Mann trat in den Schatten, stellte den großen Rucksack ab, den er auf dem Rücken mitschleppte, wischte sich mit einem Taschentuch über die Stirn und zog einen Zettel mit der Adresse der Ferrettis aus der Tasche. Eigentlich wusste er sie auswendig, doch das nützte ihm wenig, um sich hier im Dorf zurechtzufinden.

Es blieb ihm nichts anderes übrig, als sich nach dem Weg zu erkundigen; dabei hasste er es, mit Unbekannten zu sprechen.

Er wandte sich dem Eingang eines Lebensmittelladens zu und sah, wie sich der gestreifte Vorhang bewegte, als sei gerade jemand eilig dort eingetreten.

Als er das Geschäft betreten hatte, dauerte es ein paar Sekunden, bis sich sein Blick an die Dunkelheit gewöhnt hatte und er den glatzköpfigen kleinen Mann mit dem struppigen weißen Bart erkennen konnte, der an der Kasse lehnte und so tat, als lese er eine Zeitung.

»Guten Tag! Entschuldigung, ich hatte Sie nicht gesehen. Sie wünschen?«, fragte der Händler mit deutlichem Toskana-Akzent nach ein paar Sekunden Schweigen.

»Guten Tag. Ich bin ... *I'm looking for Casa Ferretti.*«

»Was?«

»Familie Ferretti. Kennen Sie die? Ich habe hier die Adresse«, sagte er und zeigte seinen Zettel vor. Der Mann war sofort hellwach.

»Ach so, du willst zu den Ferrettis!« Warum der Mann ihm so laut antwortete, konnte sich Tyron nicht erklären. Dann fiel ihm wieder ein, dass Vittoria ihm gesagt hatte, Italiener sprächen immer sehr laut, wenn sie mit Ausländern zu tun hätten: ›Wir reden so laut, weil wir glauben, sie könnten uns dann besser verstehen.‹

»Klar kennen wir die. Wir kennen sie sogar sehr gut!«, fuhr der Mann fort. »Es ist ganz einfach. Siehst du das Treppchen hinten am Ende des Platzes? Dort neben dem Türmchen? Da gehst du hoch, immer geradeaus bis zur Kirche Santissima Trinità, dann gehst du durch den Brugi-Bogen, da gabelt sich die Straße, halt dich links und geh weiter hoch ... Halt dich gut am Geländer fest, dort ist es rutschig. Wenn du oben bist, stehst du vor einer geraden langen Straße. Das erste Haus rechts ist das der Ferrettis, man kann es gar nicht übersehen.«

Der Mann hatte so schnell gesprochen, dass sich der Fremde nur *Treppchen* und *gehst hoch* gemerkt hatte, doch um diesen netten Mann nicht zu beleidigen und das Gespräch zu beenden, das für seinen Geschmack schon viel zu lange gedauert hatte, beschloss er, so zu tun, als hätte er alles verstanden, um möglichst schnell wieder aus dieser Falle herauszukommen.

Er würde jemand anderen fragen. Seine Augen mussten ihn verraten haben, denn der Händler breitete die Arme aus und fuhr unerschütterlich fort: »Hören Sie. Es ist nicht so kompliziert, wie Sie denken, aber für einen Fremden ist es vielleicht schwierig … Wissen Sie was? Carlaaa! Carlaaa! Carla, wo bist du denn? Sie müssen meine Frau entschuldigen, immer versteckt sie sich irgendwo, wenn man sie braucht.«

»Ich möchte Ihnen nicht weiter zur Last fallen«, antwortete der Mann, in einer gewählten Sprache, die Ausländer häufiger verwenden als die Italiener selbst, woraufhin ihn der andere bewundernd ansah sich am Bart kratzte. Er wartete darauf, dass seine Frau erschien.

»Sie brauchen sich wirklich keine Gedanken zu machen. Wir sind nicht umsonst in der ganzen Welt für unsere Gastfreundschaft berühmt.«

»Also, vielen Dank …«, sagte Tyron, schüttelte den Kopf und sah aus wie jemand, der einen schlafenden Hund geweckt hat und nicht mehr weiß, wie er fliehen soll.

»Da bin ich! Warum brüllst du denn so?« Sie tauchte unvermittelt von hinten auf, eine kleine Frau, die genau für den Ladenbesitzer gemacht zu sein schien.

»Was schreist du so, siehst du nicht, dass jemand hier ist?«

Die Frau nahm die Hände von ihren Hüften, der Zorn wich aus ihren Zügen, ihre Miene wurde schlagartig freundlich.

»Guten Tag! Ein ganz neues Gesicht!«

»Sieht so aus. Er muss zu den Ferrettis, kannst du ihn hinbringen?«

Sie blitzte ihren Mann an, dann blickte sie honigsüß zu dem Fremden.

»Aber sicher. Kommen Sie mit.«

Ihm blieb nichts anderes übrig, als ihr zu folgen, während Carla ihn mit ihrem Geschwätz bombardierte, von dem er so gut wie nichts verstand. Dabei hatte er recht gut Italienisch gelernt, aber in der Praxis …

Eine Sache verstand er trotz allem, und darüber war er alles andere als froh.

»Sie sind sicher der berühmte australische Maler, stimmt's? Ich hatte Sie mir ehrlich gesagt viel älter vorgestellt!«

Tyron, den diese Frage ganz unerwartet traf, blieb ein paar Sekunden verärgert stehen. Wie war denn das möglich? Er hatte doch auf äußerster Diskretion bestanden. Er hatte sich gegenüber Vittoria doch klar und deutlich ausgedrückt. Er wollte von niemandem behelligt werden. Wollte allein bleiben wie immer. Aber wahrscheinlich wusste das ganze Dorf bereits von seiner Ankunft. Es würde ihn keineswegs überraschen, wenn bei den Ferrettis zur Begrüßung der Bürgermeister und eine Dorfkapelle auf ihn warteten. Er war versucht, auf dem Absatz kehrtzumachen. Dann aber sah er die Verlegenheit im Blick der Frau, die es nicht böse gemeint hatte, und zwang sich, so höflich zu sein wie nur möglich. »Ja, ich bin es. Danke für Ihre Begleitung. Ich bin jetzt sicher auf dem richtigen Weg.«

Sie wusste nicht recht, ob sie sich beleidigt fühlen oder froh sein sollte, dass sie nicht die ganze Strecke mit nach oben gehen musste, zeigte auf ein Gebäude am Ende der Straße und sagte: »Ach, wissen Sie, es war mir ein Vergnügen. Sehen Sie, dort steht das Haus der Ferrettis, unterhalb der Burg. Sie können es nicht verfehlen.«

Der Mann verabschiedete sich mit einer flüchtigen Geste und ging entschlossen auf eine Straße zu, die mit ihrer Steigung einem Radrenn-Champion alle Ehre gemacht hätte. Seine Wut verlieh ihm Flügel. Da er nicht genau wusste, wem er die Schuld für das Ganze geben sollte, dachte er an seine Agentin Vittoria. Sie hatte die undankbare Aufgabe, die schwierigen Beziehungen Tyrons zu seiner Umwelt zu glätten, und neben ihrer organisatorischen und diplomatischen Begabung den kleinen Fehler, stets im Unrecht zu sein.

Als er außer Atem geriet und eine Ruhepause einlegen musste, hörte er auf, ihr in Gedanken Vorwürfe zu machen. Sauerstoff hatte Vorrang vor seinen Ressentiments. Er sah zu dem riesigen, mit Zinnen bewehrten Bergfried hinauf, der das Dorf überragte, umwachsen von wildem Grün und hohen Zypressen. Dann ließ er den Blick über die hügelige Landschaft schweifen, die sich bis zum Horizont zog. Verschiedene Grüntöne und dazwischen das strahlende Gelb der Sonnenblumenfelder. Er breitete die Arme aus und seufzte tief, als wolle er diese großartige Landschaft zu sich heranholen. Eine leichte Brise kam auf. Wie oft hatte er sich in düsteren Augenblicken, wenn seine Seele an Kummer litt und er nur schwer Luft bekam, gesagt: Die einzige Rettung liegt in der Schönheit, die Schönheit ist der Schlüssel zu allem.

Bevor er wieder in trübe Gedanken verfallen konnte, gab er sich einen Ruck und legte langsam die wenigen Schritte zurück, die ihn vom Eingangstor zum Haus der Ferrettis trennten.

MIT DEM FALSCHEN FUSS

Alle Einwohner von Cetona beneideten die Ferrettis um ihr Haus. Es war auf der alten Stadtmauer errichtet, die den Burgfelsen umgab, lag etwas abseits vom übrigen Dorf und war ein kleines, aus Stein erbautes Juwel.

Es war nicht sehr groß, hatte nur zwei Stockwerke und von seinen Fenstern aus hatte man eine herrliche Aussicht auf die Landschaft: Das ganze Dorf mit seinen weißen Häusern und braunen Dächern lag einem zu Füßen. Hob man ein wenig den Blick, sah man das gesamte Tal und bei klarem Himmel schien die imposante Silhouette des Monte Cetona so nah, als könne man seinen Gipfel mit wenigen Schritten erreichen.

Die Vögel zwitscherten, die Blätter der Bäume, die das grüne Eingangstor einrahmten, rauschten im leichten Wind. Die Atmosphäre vor dem Haus hatte etwas Magisches.

Tyron drückte auf den Knopf der Türklingel und hörte das Läuten durch die geöffneten Fenster. Er wartete ein paar Sekunden. Völlige Stille. Er wollte gerade erneut klingeln, als er von innen ein undeutliches Geräusch hörte, gefolgt vom Klang eiliger Schritte auf einer Treppe.

»Ich komme. Bin gleich da. Ein kleines bisschen Geduld bitte!«

Nach längerem Herumfummeln mit Schlüsseln und Schlössern erschien hinter der Tür eine hochgewachsene Frau zwischen fünfzig und sechzig, mit einer bunten Spange im schwarzen Haar und hellen blauen Augen, aus denen jugendliche Begeisterung sprach.

»Sie wünschen?«

»Guten Tag, ich suche die Familie Ferretti.«

»Sieht so aus, als ob Sie sie gefunden hätten. Ich bin Marcella«, sagte die Frau lächelnd und streckte ihm die Hand entgegen. »Und wer sind Sie?«

»Tyron Lane«, antwortete er und drückte ihr die Hand, lächelte aber nicht.

Erstaunt riss Marcella den Mund auf.

»Ach, Sie sind das! Entschuldigung, Signor Lanc, darauf wäre ich nicht gekommen. Es tut mir sehr leid. Kommen Sie doch bitte herein.«

Signora Ferretti führte ihn ins Haus, schloss die Tür hinter sich und deutete auf die Treppe. Tyron ging nach oben, gefolgt von Marcella.

»Ehrlich gesagt, ich habe mir einen Mann vorgestellt, der schon …«

»Der schon älter ist? Dieser Irrtum ist weit verbreitet«, sagte er und wandte sich zu ihr um.

Marcella sah, dass ihr Gast dunkelgrüne Augen hatte, harte Gesichtszüge und eine hässliche Narbe an der linken Augenbraue.

»Entschuldigung, ich wollte Sie nicht beleidigen, aber Sie wirken so jung. Wie alt sind Sie?«

Als sie den ersten Stock erreicht hatten, führte sie ihn in ein warmes, freundliches Wohnzimmer.

»Ich bin gerade fünfunddreißig geworden.«

Tyron blickte beim Reden nach oben, fasziniert von den riesigen dunklen Holzbalken an der Decke.

»Dann habe ich richtig gesehen, Sie sind wirklich sehr jung. Sie stehen im Ruf, viel älter zu sein.«

Tyron, der sich weiter umsah, wurde durch diese Worte wieder auf Marcella aufmerksam. Er machte eine ungeduldige Handbewegung, als wolle er sagen, lassen wir das, dann sah er sie ernst an: »Übrigens, Signora Ferretti, ich möchte Sie bitten, nicht zu verbreiten, dass ich hier bin. Ich kann bei der Arbeit keine neugierigen Zuschauer gebrauchen.«

Die Botschaft war deutlich, aber der Ton war versöhnlich, und Marcella verstand sogleich, dass es an diesem Punkt nichts zu verhandeln gab. Sie verbarg ihre Enttäuschung geschickt hinter einem reizenden Lächeln. Leider habe ich es schon dem ganzen Dorf erzählt, dachte sie.

»Gut, ich achte darauf, aber Sie können sich sicher vorstellen, dass neue Gesichter in einem so kleinen Ort sehr schnell auffallen, und wenn die Leute Sie durch die Straße laufen sehen und Sie vielleicht hier oder da stehen bleiben, um zu zeichnen, dann werden Sie unweigerlich die Neugier der Leute wecken.«

»Ich verstehe«, sagte Tyron knapp. Ja, dachte er, ich verstehe, dass da nichts mehr zu machen ist. Signora Ferrettis diplomatische Art wusste er dennoch zu schätzen.

»Bitte, setzen Sie sich doch. Möchten Sie etwas essen? Es ist jetzt zwar nicht der richtige Zeitpunkt, aber wen man auf Reisen ist, überkommt einen doch manchmal plötzlich Appetit.«

Tyron stellte seinen Rucksack ab und setzte sich auf das Sofa vor dem prächtigen gemauerten Kamin.

»Nein, vielen Dank, ich habe am Bahnhof von Cianciano schon etwas gegessen.«

Marcella nahm einen der hölzernen Stühle, die um den Tisch standen und dunkel waren wie die Balken an der Decke, und setzte sich ihm gegenüber.

»Wie Sie möchten. Ich muss Ihnen wirklich ein Kompliment machen, Ihr Italienisch ist perfekt. Sicher sind Sie schon mal in unserem Land gewesen.«

»Nein, es ist das erste Mal, aber meine Mutter stammte aus Italien und als Vittoria in Sydney lebte, hat sie mir Italienischunterricht gegeben.«

»Das erklärt natürlich alles. Vittoria ist eine sehr sympathische Frau und außerdem wunderschön, sie hat viel von Ihnen erzählt. Übrigens soll ich ihr gleich Bescheid sagen, wenn Sie angekommen sind.«

Marcella fand den Mann faszinierend und zugleich ein wenig düster. Er wirkte älter, als er war. Weniger in körperlicher Hinsicht. Es war, als habe ihm das Leben zugesetzt. Künstler wird man wohl nie verstehen, dachte sie bei sich.

Sie wollte gerade aufstehen, als sich schwere Schritte näherten und in der Tür ihr Mann erschien.

»Guten Tag! Sie sind sicher der Maler, oder? Endlich habe ich das Vergnügen, Sie kennenzulernen. Ich bin Aldo Ferretti.«

Er war ein großer Mann von zweiundsechzig; seine Gestalt hätte einschüchternd wirken können, doch sein fröhliches Gesicht mit den hellbraunen Augen ließen einen freundlichen Menschen erkennen. Tyron erhob sich widerwillig und ließ sich die Hand schütteln.

»Freut mich sehr, Ich danke Ihnen sehr für Ihre Gastfreundschaft.«

»Soll das ein Witz sein? Wir verdanken Ihnen viel. Ihretwegen beneidet uns ganz Cetona. Manche Leute würden gern jeden Abend zu uns zum Essen kommen, um Sie kennenzulernen. Ich habe hier im Dorf ein bisschen Werbung für Sie gemacht.«

Marcella wurde schamrot, sah ihren Mann böse an, legte eine Hand an die Stirn und senkte den Kopf, um ihre Verlegenheit zu verbergen.

»Was ist los, hätte ich das nicht sagen sollen?«

Tyron bemühte sich nicht, die Situation zu entschärfen, sondern bemerkte nur trübsinnig: »Keine Sorge, der Schaden ist schon angerichtet.«

»Sie müssen meinen Mann entschuldigen, er ist, wie er ist. Er redet nun mal gern und oft zu viel.«

Aldo schaute zuerst Tyron und dann seine Frau verwirrt an, denn er begriff nicht, was sie meinten.

»Darf ich auch erfahren, was passiert ist? Was habe ich denn Falsches gesagt?«

Der Lärm einer zuschlagenden Tür an der Treppe durchbrach genau im richtigen Moment das peinliche Schweigen und sorgte für die erhoffte Ablenkung.

»Das muss unsere Tochter sein. Hoffentlich rückt sie uns nicht noch mehr in ein schlechtes Licht.«

Marcella war aufgestanden, zwickte Aldo in den Arm, sah ihn ernst an, als wolle sie ihm sagen, dass noch eine Rechnung offen sei.

Dann ging sie aus dem Zimmer, ihrer Tochter entgegen.

»Wo warst du denn? Ich dachte, du wärst gar nicht zu Hause. Komm mal ins Wohnzimmer, da wartet eine Überraschung.«

»Entschuldigung, Mama, ich bin gerade erst heimgekommen«, sagte sie eilig. »Als ich bei Giulia war, hat Andrea angerufen. Er hat lange nichts mehr von sich hören lassen …«

»Ach, wirklich?«, sagte Marcella aufgeregt. »Und was hat er ihr erzählt? Er hätte doch zu Hause anrufen können!«

Sofia wollte gerade antworten, hielt aber plötzlich inne und errötete, als sie merkte, was die Überraschung war, die im Wohnzimmer auf sie wartete. Sie wusste sofort Bescheid. Er war der berüchtigte Maler, von dem sie schon Fotos im Internet gesehen hatte. In Wirklichkeit sah er allerdings viel besser aus.

Tyron stand erneut auf, diesmal aber nicht aus Höflichkeit, sondern aus Bewunderung. Die Schönheit dieses Mädchens, das ganz unerwartet ins Zimmer gekommen war, traf ihn völlig unvorbereitet. Sie hatte eine schlanke und wohlgeformte Figur, schöne lange kastanienbraune Haare und ein feines Gesicht. Vor allem der mandelförmige Schnitt ihrer Augen erregte seine Aufmerksamkeit. Von den dunkel umrandeten smaragdgrünen Augen selbst gar nicht zu reden. Sie hatte sie von beiden Eltern, die leuchtende Iris der Mutter und die freundlich warme Farbe des Vaters. Eine ganze Weile sahen sich die beiden an, dann brach Sofia das Schweigen.

»Entschuldigung. Es freut mich, Sie kennenzulernen, Signor Lane. Ich bin Sofia und habe schon viel von Ihnen gehört.«

Tyron trat langsam näher und streckte ihr die Hand hin.

»Die Freude ist ganz meinerseits.«

Sofia versuchte, den intensiven Blick des Mannes auszuhalten, doch sie wurde verlegen und sah zu Boden. Sie wandte sich schnell ihrer Mutter zu, um sich zu fangen und sich ihre Erregung nicht anmerken zu lassen.

»Andrea hat erklärt, im nächsten Monat kann er sich kaum bei uns melden«, sagte sie.

»Mach dir keine Gedanken, Schätzchen. Sag mir lieber, wie es ihm dort geht. Was hat er dir erzählt?«

Aus Marcellas Stimme spürte man ihre Sorge um das Schicksal des Sohnes, der bereits seit einigen Monaten von zu Hause fort war.

»Er hat erzählt, die Lage sei schwierig, und er hat das Gefühl, ein Funke genügt, damit das Feuer ausbricht.«

Marcellas war tief besorgt. »Hoffen wir, er kommt nach Hause zurück, bevor etwas passiert.«

Aldo legte ihr einen Arm um die Hüfte, um sie zu beruhigen. »Liebste, das ist nun mal sein Beruf. Er ist auf alle Gefahren vorbereitet. Du wirst schon sehen, er kommt schon zurecht, ganz gleich, was passiert.«

Plötzlich wurde Marcella bewusst, dass Signor Lane schweigend dastand und nichts von ihrem Gespräch verstand. »Entschuldigen Sie bitte, wir sind wirklich sehr schlechte Gastgeber. Da haben wir einen so wichtigen Besuch und reden über Dinge, die ihn gar nicht interessieren.«

Aldo nickte. »Meine Frau hat recht. Wissen Sie, unser Sohn ist Armeeoffizier und gerade auf Mission in Afghanistan. Wie Sie sich denken können, machen wir uns ein wenig Sorgen um ihn.«

Tyron richtete seinen Blick wieder auf Sofia und sah zerstreut aus wie jemand, der kein Wort von dem, was gesagt worden ist, wahrgenommen hat.

»Waren Sie beim Militär?«, fragte Aldo, um das Schweigen zu beenden.

Tyron wandte sich um und sagte mit hartem Gesichtsausdruck: »Nein, ich hasse das Militär. Ich würde es nicht ertragen, dass mir jemand sagt, was ich zu tun und zu lassen habe, und meiner Meinung nach ist alles, was mit Waffen, Gewalt und dergleichen zu tun hat, unmoralisch.«

Nicht nur die Worte, auch der Tonfall, die hochgezogene Oberlippe und der missbilligende Ausdruck auf seinem Gesicht ließen Sofia, die bisher geschwiegen hatte, explodieren.

Die Bewunderung für den großen Meister verschwand wie Nebel in der Morgensonne.

Sie war wütend, weil es um ihren Bruder ging und weil ihr Überheblichkeit und Besserwisserei zuwider waren.

»Ich bin erstaunt, dass ein Künstler, der ausschließlich Auftragskunst macht, so etwas sagen kann. Sie nehmen auf Ihre Weise doch auch die Befehle anderer entgegen. Das ist doch so, Signor Lane, oder etwa nicht?«

Marcella fuhr hoch und riss die Augen auf. Sie wollte mit ihrer Tochter schimpfen, weil sie sich als Lehrmeisterin aufspielte, doch Tyron kam ihr mit seiner Antwort zuvor.

Ihn hatte Sofias Heftigkeit erstaunt, doch keineswegs eingeschüchtert.

»Das stimmt zwar, aber ich kann mir aussuchen, was ich male. Ich habe die Freiheit, nein zu sagen. Ihr Bruder nicht.«

Sofias Wut wurde durch diese Worte nicht weniger, im Gegenteil, ihre Lust, ihm die Meinung zu sagen, wuchs. Dieser Mann war wirklich unerträglich: eingebildet, unsympathisch und eitel.

»Natürlich, ich verstehe. Sie nehmen nur Befehle vom Mammon entgegen. Es wundert mich nicht, dass Sie Menschen wie Andrea nicht verstehen, die ihre Arbeit als Bürgerpflicht ansehen. Leute, die sich aus Liebe zum Vaterland opfern.«

Tyron hatte die Diskussion zuerst interessant gefunden, doch nun begann Sofias polemischer Tonfall ihm auf die Nerven zu gehen.

»Aus Vaterlandsliebe? Vaterlandsliebe ist doch nur ein Vorwand, hinter dem sich der größte Unsinn verbirgt. Wie bei der Religion. Es wäre viel besser, wenn es weder Liebe noch Vaterland gäbe.«

»Warum ziehen Sie sich dann nicht in eine Einsiedelei zurück, irgendwo in der Wüste, und malen Ihre Landschaften dort? Ich glaube, die Menschheit kann sehr gut ohne Ihre unersetzliche Gesellschaft auskommen.«

Aldo hörte dem Wortwechsel sprachlos zu. Marcella, ganz die Dame des Hauses, gelang es, dazwischenzugehen.

»Entschuldigung, Signor Lane, warum haben Sie gerade die Toskana gewählt, um Ihre Bilder zu malen?«

Aldo lächelte, freute sich über die diplomatische Art seiner Frau, während die beiden Streithälse sich weiter feindselig anstarrten. Als sich Tyron Marcella zuwandte, um ihr zu antworten, entspannte sich sein Gesicht nur ein wenig. Seit langem war ihm ein Gespräch nicht mehr so unangenehm gewesen. Aus dem Augenwinkel behielt er die Urheberin dieses Missvergnügens im Blick.

»Ich habe es mir nicht ausgesucht. Wie Ihre Tochter schon richtig bemerkte, mache ich Auftragskunst«, sagte er, wobei er das letzte Wort besonders betonte und wieder kurz Sofia ansah. »Jemand hat bei mir zehn Ölbilder bestellt, auf denen die Landschaft um Siena und typische Ansichten von Cetona zu sehen sein sollen.«

»Zehn? Dieser jemand muss ja in einem riesengroßen Haus wohnen, sonst hätte er doch gar keinen Platz für all die Bilder«, bemerkte Aldo.

Sofia nutzte den Moment für eine neue Salve.

»Papa, was für eine dumme Bemerkung. Um sich zehn so teure Bilder leisten zu können, muss er doch superreich sein. Außerdem ist das typisch für Idealisten. Die großen Prinzipien gelten immer nur für die anderen.«

Tyron ging auf diese Provokation nicht ein, wandte Sofia den Rücken zu und antwortete mit wenigen Worten auf die Frage der Dame des Hauses.

»Die Auftraggeberin besitzt ein großes Unternehmen.«

In das erwartungsvolle Schweigen hinein, mit dem die anderen auf weitere Erklärungen warteten, seufzte Tyron und fügte hinzu: »Sie exportiert erlesene Stoffe aus Italien in alle Welt.«

Aldo hörte aufmerksam zu und Marcella, die immer neugieriger wurde, setzte sich neben ihren Mann aufs Sofa.

»Wohnt diese Dame hier in der Toskana? Arbeitet sie vielleicht in Florenz?«

Tyron verbarg seine zunehmende Gereiztheit, die diese Fragen bei ihm auslösten, nicht und antwortete so monoton wie möglich, während sich Sofia mit gleichgültiger Miene auf einem Sitzkissen vor dem Sofa niederließ.

»Nein. Sie ist Amerikanerin und wohnt in New York. Sie hat aber in ihrer Jugend hier in der Gegend gelebt und ist von ihr bezaubert. Sie war seitdem nie wieder da und hat es auch nicht vor, glaube ich, will aber eine Bilderserie haben, mit denen sie sich jederzeit fühlen kann, als sei sie hier.«

Tyron wäre am liebsten gegangen. Diese Leute hier sollten nicht zu viel über ihn erfahren. Doch Aldo schlug mit der Hand auf die Sofalehne, stieß einen Pfiff aus und sagte: »Bei dieser Geschichte ist bestimmt ein Mann im Spiel. Sagen Sie mal, Signor Lane, ist Ihre Unternehmerin genauso schön wie Ihre Agentin?«

Signor Aldos Bewunderung für seine Agentin überraschte Tyron nicht. Vittoria war tatsächlich eine Schönheit.

»Sagen wir, beide sind ganz besondere Frauen.«

Daraufhin sagte Aldo im Brustton der Überzeugung:

»Es stimmt also, dass berühmte Männer von bildschönen Frauen umgeben sind.«

»Nein, es ist die Narbe. Sie finden sie anziehend wie Motten das Licht«, sagte Tyron in der Hoffnung, dieses

Verhör endlich hinter sich zu bringen. »Jetzt würde ich gern das Appartement sehen, in dem ich wohnen soll. Wenn Sie mir erklären, wie ich dorthin komme …«

»Oh, es ist direkt unter uns«, erwiderte Marcella, die aufgestanden war und in einem Kasten geräuschvoll nach dem Schlüssel suchte. »Sofia, ich dachte, du könntest ihn begleiten und ihm die Wohnung zeigen, und wenn es irgendein Problem gibt, kannst du es uns gleich sagen.«

Aldo begriff, was seine Frau im Sinn hatte, und warf seiner Tochter einen aufmunternden Blick zu.

Sofia war der Ärger über diese Bitte so deutlich anzusehen, dass Tyron sich einen Moment lang sehr unbehaglich fühlte.

»Das ist nicht nötig, ich möchte niemandem zur Last fallen. Sie brauchen mir nur den Weg zu erklären und ich gehe allein dorthin.«

Sofia war klar, dass es keinen guten Eindruck machte, wenn sie sich weigerte, und sie beschloss, ihn zu begleiten. Über die Erwartung ihrer Mutter, dass sich nun alles zum Guten wenden würde, musste sie allerdings innerlich lachen. Sie beschloss, sich dem Mann nicht geschlagen zu geben.

»Schon gut, kein Problem. Ich begleite Sie.«

»Okay, vielen Dank.«

Marcella reichte ihm triumphierend die Schlüssel, froh, weil sie ihre Tochter gezähmt hatte, oder weil sie die Schlüssel gefunden hatte. »Bitte sehr. Sofia wird Ihnen alles erklären. Ich hoffe, die Wohnung entspricht Ihren Erwartungen. Wir haben die Möbel wie gewünscht weggeräumt, wenn Sie aber noch etwas anderes brauchen, scheuen Sie sich bitte nicht, es uns zu sagen. Rufen Sie einfach an, ich kümmere mich dann darum.«

Ihr kam in den Sinn, dass alle Frauen aus dem Dorf sie den ganzen Sommer über beneiden würden.

»Wenn Sie uns hin und wieder die Ehre geben wollen, mit uns zu Abend zu essen, Sie sind immer willkommen.«

»Ich danke Ihnen, Sie sind sehr freundlich, ich hoffe aber, Sie nicht mehr als notwendig stören zu müssen.«

Tyron reichte beiden die Hand und folgte dann Sofia, die schon die Treppe hinunterging.

Aus Angst, sich zu sehr geöffnet zu haben, kehrte er nun wieder den Griesgram hervor. Er hoffte nur, es war nicht zu spät. Und so wandte er sich noch einmal um.

»Mir liegt nicht sonderlich viel an gutem Essen, deshalb würde ich Ihren Kochkünsten bestimmt keine Ehre machen.«

DER ANDERE IST AUCH NICHT DER RICHTIGE

Familiäre Beziehungen sind ein seltsames und zugleich faszinierendes Geflecht, auch wenn den Einzelnen manchmal Rollen aufgezwungen werden und es zu Ärger und unnötigen Verletzungen kommt.

Die Ferrettis führten keine unglückliche Ehe; sie hatten im Lauf der Jahre gelernt, sich gegenseitig immer mehr zu respektieren und immer weniger zu streiten. In der ruhigen Phase des Rentenalters gelang es ihnen aber nicht immer, einander zu akzeptieren. Da ihre Kinder inzwischen selbstständig waren und Aldo in Pension, fühlten sie sich oft überflüssig und mussten sich immer wieder neu orientieren. Marcella füllte die innere Leere, indem sie sich mehr um Familienbelange kümmerte, Aldo gestaltete sein Leben neu: Er ließ sich bei allem Zeit, plauderte viel, schweifte gern vom Thema ab und gab gar nicht erst vor, er wäre ein vielbeschäftigter Mann. Schließlich hatte er sich den Ruhestand redlich verdient.

Marcella trocknete heute Töpfe und Geschirr mit mehr Elan ab als sonst – nach dreißig Jahren Ehe erkennt man Nuancen, die jemand von außen nie bemerken würde – und peinigte die Ohren ihres Mannes mit dem Klappern der Teller. Ihn so bequem auf dem Sofa liegen zu sehen, ein Buch in der Hand, ging ihr auf die Nerven.

Aldo wollte sich entspannen und sich in seine Lektüre vertiefen, doch er fuhr jedes Mal hoch, wenn das Geschirr klirrte, und verlor den roten Faden.

»Dauert das noch lange?«, fragte er und hob verärgert den Kopf.

»Du weißt doch, wie es ist, die Küche, die sich von selbst aufräumt, haben sie noch nicht erfunden.«

»Ich weiß nicht, wie es ist, doch mir scheint, ich höre in deiner Stimme leichte Verbitterung. Vielleicht war das Geschirr früher besser.«

»Was redest du da?«

»Jetzt spuck es schon aus. Sonst geht das den ganzen Tag so weiter. Warum bist du so wütend?«

»Ich und wütend? Du spinnst doch.«

»Los, sag es schon, und dann Schwamm drüber!«

»Und ich soll diejenige sein, die unfreundlich ist?«

»Da würde selbst Gandhi die Geduld verlieren. Aber ich frage mich: Wenn du so deutlich zeigst, wie wütend du bist, warum musst du dann unbedingt behaupten, du wärst es nicht? Wenn du so tun willst, als ob nichts wäre, dann verhalt' dich auch so. Wenn nicht, dann erklär mir, was du hast. Das ist doch logisch, oder?«

»Was heißt schon logisch? Du kapierst mal wieder gar nichts. Manche Dinge sagt man eben einfach nicht.«

»Und was für Dinge?«

»Ich habe gesagt, man sagt sie nicht, also tu ich es auch nicht. Hörst du überhaupt zu?«

»Ja, aber wenn du mir es nicht erklärst …«

»Man muss doch nicht immer alles erklären!«

»Doch, zivilisierte Menschen verwenden Worte, um sich zu verständigen …«

Marcella war inzwischen mit Aufräumen fertig, ging schnaufend auf das Sofa zu, auf dem ihr Mann lag, stützte die Hände in die Hüften und beugte sich über ihn.

»Ich weiß nicht, ob dir klar ist, wie wir nun deinetwegen vor unserem Gast dastehen! Er hat mit einem Minimum an Diskretion gerechnet und du hast die Sache überall hinausposaunt … Ich weiß wirklich nicht, wie du auf diese Idee gekommen bist.«

Aldo breitete die Arme aus, als wolle er sagen: Was soll ich machen? Ich ergebe mich. Da wurde ihm unerwartet Hilfe zuteil. Sofia kam herein und platzte gleich heraus:

»Wenn ein so gebildeter und sympathischer Gast zu uns kommt, müssen wir uns in Stücke reißen, um ihm jeden seiner Wünsche von den Lippen abzulesen, stimmt's? Es fehlt gerade noch, dass wir uns vor seine Tür legen, damit er uns als Fußabtreter benutzen kann!«

Aldo grinste. Marcella aber war ungehalten.

»Mein Fräulein, wo wir schon dabei sind, würde ich gern über deine Erziehung sprechen. Ich habe dir nicht beigebracht, dich so gegenüber Fremden zu benehmen«, sagte sie und wies mit dem Finger auf ihre Tochter. Dann blitzte sie ihren Mann an und fügte hinzu: »Warum grinst du wie ein Idiot? Wenn du endlich den Mut fändest, deine Prinzessin Sofia in die Schranken zu weisen, dann wäre sie nicht so überheblich.«

Aldo zuckte die Achseln.

»Mama, du brauchst dir keine Verstärkung zu besorgen, auch Papa hat begriffen, was das für ein Typ ist!«

»Jetzt übertreib mal nicht, Sofia. Vielleicht hast du da was missverstanden …«

Aldo war von Natur aus versöhnlich und sorgte für Frieden. Einen Moment hörten die Ehepartner auf, sich feindselig anzustarren, und sahen Sofia böse an, allerdings mit unterschiedlichen Hintergedanken.

Dann verkündete Aldo: »So richtig sympathisch ist er mir nicht, das muss ich schon sagen.«

Gleich wurde Sofias Blick sanfter und geradezu zärtlich, während die Augen seiner Ehefrau scharf blieben wie Diamantsplitter.

»Komm, Mama, gib's schon zu! All dieses Gerede über Erziehung, letztlich geht es doch nur darum, dass man sich den Respekt verdienen muss. Der Mann mag ja nett und berühmt sein, das gibt ihm aber nicht das Recht, uns von oben herab zu behandeln. Wenn wir ihm nicht passen, kann er ja gehen! Und ich kann nicht verstehen, wie du so einfach hinnehmen konntest, was er über die Armee gesagt hat …«

»Jeder hat die Freiheit zu denken, was er will, oder? Und, wenn du es wissen willst, ich bin auch nicht begeistert von der Armee. Wie sehr wünschte ich, dass unser Andrea hier wäre!«

Plötzlich veränderte sich die Atmosphäre. Marcellas blaue Augen füllten sich mit Tränen und Sofia ging zu ihr, um sie in den Arm zu nehmen. Auch Aldo stand schweigend auf und umarmte die beiden. So blieben sie ein paar Augenblicke stehen, dann lösten sie sich voneinander. Marcella holte eine Flasche mit kaltem Tee aus dem Kühlschrank und goss drei Gläser ein.

Da fiel Aldo ein, dass am gestrigen Nachmittag ein Päckchen angekommen war. Damit er es nicht noch einmal vergaß, ging er los, um es von seinem Schreibtisch im Arbeitszimmer zu holen.

»Ach, was für ein Trottel ich doch bin! Gestern kam diese bildschöne Frau vorbei.«

Beide sahen ihn argwöhnisch an.

»Welche Frau?«

»Wie heißt sie noch gleich? Sie war schon mal hier, um sich das Haus anzusehen, sie ist die Agentin des Malers.«

»Vittoria Mirri?«

»Ja, genau die. Sie hat mir gesagt, sie müsse schnell wieder fort, wohin, das weiß ich nicht. Ich müsse dieses Päckchen unbedingt Signor Lane gaben. Es schien ihr wichtig zu sein.«

»So wichtig, dass du es einfach in der Ecke liegengelassen hast.«

»Kommt immer drauf an, ob man das Glas als halb voll oder halb leer betrachtet«, sagte Aldo und trank den letzten Schluck Tee.

Vom Geniestreich ihres Mannes begeistert, wandte sich Marcella mit einem leisen Lächeln Sofia zu: »Hier, meine Liebe. Wie du siehst, hat dir das Schicksal die Chance gegeben, dein schlechtes Benehmen wiedergutzumachen.«

»Wie meinst du das?«

»So, dass du jetzt unserem Gast sein kostbares Päckchen bringst. Ihr beide seid offenbar mit dem falschen Fuß aufgestanden, aber das muss ja nicht ewig so weitergehen.«

»Richtig, es kann immer noch schlimmer werden«, sagte Sofia. Doch ablehnen konnte sie nicht. Es war noch nicht so lange her, dass ihre Mutter in Tränen ausgebrochen war.

Die Wohnung lag genau unter jener der Ferrettis. Sofia klopfte leise an und wartete, bevor sie die Geste mit mehr Überzeugung wiederholte und schließlich klingelte. Aha, jetzt stellt er sich tot. Typisch für feige und unhöfliche Männer. Doch da hat er Pech.

Sofia bückte sich gerade, um das Päckchen vor die Tür zu legen, als sie ihn rufen hörte. »Die Tür ist offen!«

Vorsichtig ging sie durch die kleine dunkle Diele und betrat das große Wohnzimmer. Einen Moment schloss sie die Lider, überrascht von der plötzlichen Helligkeit. Als sich ihre Augen an das Licht gewöhnt hatten, erschrak sie ein wenig: Das Zimmer war vollkommen leer, keins von den Dingen, die hier früher gewesen waren, war noch da: der Tisch, an dem sie abends mit der Oma gespielt hatten, der alte Fernseher, das zerknautschte Sofa und die silberne Schachtel mit den Bonbons, das Erste, was sie sah, wenn sie zu ihrer Oma in die Wohnung kam. Die Radikalität, mit der ihre Vergangenheit weggeschafft worden war, verstärkte ihre Abneigung gegen Tyron. Eigentlich, aber das hätte sie niemals zugegeben, war dieser Raum ohne Möbel und Objekte viel reizvoller: Man sah viel besser den Fußboden mit den alten Terrakottafliesen, der das Zimmer schlicht und zugleich elegant wirken ließ, die weißen, leicht rauen Wände, alles in dem hellen Licht, das durch die großen Fenster drang, und vor allem den edlen Leuchter aus Gusseisen.

Tyron lag am Boden, die Arme und Beine ausgestreckt wie der Mann von Leonardo da Vinci, und schien sich um Sofias Gegenwart nicht zu scheren. Ihr fiel wieder ein, wie sie das Foto von Tyron beeindruckt hatte, das sie vor Monaten im Internet gefunden hatte, als es um die Frage ging, ob sie ihm die Wohnung vermieten wollten. Die kastanienbraunen, etwas längeren und struppigen Haare und sein Bart ließen ihn leicht heruntergekommen aussehen, als interessiere er sich nicht im Geringsten für sein Äußeres. Seine Augen, in allen Nuancen von Grün voll beunruhigender negativer Energie, wirkten melancholisch bis gleichgültig. Ein apathischer Blick, der immer wieder mit einem zornigen Leuchten abwechselte und böse wurde.

»Also«, sagte sie genervt, nachdem sie vergeblich darauf gewartet hatte, dass er ihr ein Minimum an Aufmerksamkeit schenkte, »ich hatte nicht die Absicht, Sie in Ihrer Meditation zu stören. Aber meine Mutter hat mich beauftragt, Ihnen dieses Päckchen von Ihrer

Agentin zu geben. Ich lege es hierher, zu den ganzen Papieren.« Sofia beugte sich vor und mit einem Lächeln, das sarkastisch sein sollte, legte sie den Umschlag auf Tyrons geöffneten Rucksack. Seine Kleider und Papiere waren schon im halben Zimmer verstreut.

»So wird Ihre Ordnung sicher nicht gestört«, fügte sie hinzu, während sie sich wieder aufrichtete.

Tyron kehrte aus seiner Trance zurück und überraschte sie mit seinem freundlichen Tonfall: »Dieser Platz ist genau richtig, Wirklich perfekt. Der Raum, das Licht: Ich könnte mir nichts Besseres wünschen.«

»Danke«, sagte sie.

»Ja, Vittoria hat wirklich gute Arbeit geleistet.«

Natürlich, dachte Sofia. Dich bei uns zu bedanken, wäre ja zu viel für dich. Wir gehen dir ja sowieso nur auf den Wecker. Doch sie biss sich auf die Zunge und nickte nur.

Tyron setzte sich aufrecht hin. »Ja, ich werde hier gut arbeiten können. Ich kann es gar nicht erwarten, damit anzufangen. Und nun lassen Sie mich bitte allein, ich möchte mich hier einrichten.«

Sofia kochte vor Wut. Das war unglaublich, jetzt sah es so aus, als habe sie ihn gestört. Sie wäre sowieso keine Minute länger mit diesem abscheulichen Mann in einem Zimmer geblieben.

»Ich gehe mit dem allergrößten Vergnügen.«

»Übrigens, Miss Sofia«, rief er ihr hinterher.

Aha, er hat kapiert, dass er sich schlecht benommen hat, dachte sie.

»Was wollen Sie noch? Ich dachte, Sie wollten endlich allein sein.«

Tyron kam auf sie zu, kramte in seiner Hosentasche und reichte ihr etwas.

Sag, dass es nicht wahr ist. Sag, dass es nicht wahr ist, wiederholte sie, während er irgendeine Höflichkeitsfloskel von sich gab, die sie nicht hörte, so sehr war sie von dieser Geste betroffen. Träumte sie vielleicht? Nein, es geschah tatsächlich. Er hielt ihr einen Zehn-Euro-Schein hin.

Sofia trat dicht vor ihn hin, bis sie seinen Atem hörte, und durchbohrte ihn mit ihrem Blick, doch er verzog keine Miene, so wie vorhin, als er sich nicht aus seiner Da-Vinci-Position am Boden gelöst hatte.

»Hör mir gut zu. Ich weiß nicht, wer du bist und was du machst, aber lass dir eins gesagt sein: Ich bin nicht dein Dienstmädchen!«

Sie drückte ihm den zerknitterten Geldschein in die Hand und sah ihn noch einen Moment wütend an. Dabei hatte sie den unangenehmen Eindruck, dass er gleich lächeln würde. Offenbar machte es ihm Spaß, sie zu provozieren.

»Natürlich«, sagte er seelenruhig, bevor sie sich abwandte. »Wir können uns ruhig duzen. Viele Frauen werden noch schöner, wenn sie wütend sind.«

Mistkerl, dachte sie.

Dann ließ sie ihn stehen.

DU SCHON WIEDER

Was für ein Trotzkopf, dachte Tyron und schüttelte den Kopf. Gleichzeitig musste er grinsen, denn in gewisser Weise wirkten Konflikte anregend und belebend auf ihn. Die Wut, die sich in dieser geradezu engelhaften Person verbarg, in Aktion zu sehen, hatte ihn erregt. Sie ist hysterisch und impertinent, aber schön, zum Sterben schön, dachte er.

Er wollte sich eine Weile wieder in die Horizontale begeben. Sich auf dem Boden auszustrecken, hatte für ihn mehr oder weniger dieselbe Bedeutung, wie für andere das Umarmen eines Baumes oder im Morgengrauen auf einer Wiese Tai Chi zu machen. So stellte er Harmonie zwischen sich und seiner Umgebung her. Es lag sich angenehm auf den kühlen Terrakottafliesen in diesem großen Raum; er wusste nicht, warum, vielleicht wegen ihrer besonderen Struktur, die er sich nicht genau erklären konnte, aber man spürte darauf leichte Vibrationen. Sie waren lackiert, und deshalb sah man deutlich die leichte Staubschicht, wie zum Zeugnis ihres ehrwürdigen Alters. Was die alles gesehen haben, dachte er, während er mit der linken Hand nach Vittorias Päckchen griff. Über ihm tanzte der Staub in den Sonnenstrahlen.

Er hatte das Päckchen noch nicht geöffnet. Neugierig befühlte er es. Ja, Form und Größe schienen zu passen. Er hatte richtig vermutet. Er nahm den Gegenstand, drehte ihn zwischen den Fingern in einer Mischung aus Verblüffung und Zuneigung und sah ihn mit einem bittersüßen Lächeln an, als hätte er einen alten Freund wiedererkannt, mit dem er sich heftig gestritten hatte, den er aber im Grunde seines Herzens immer noch liebte.

Die versilberte Mundharmonika, in die sein Name eingraviert war, hatte er zum zehnten Geburtstag von seinem Vater bekommen. Es war eine Hohner Marine Band, ein in seiner Art einzigartiges Instrument. Sie war handgemacht, durch die besondere Form des Holzes brachte sie unverwechselbare Töne hervor. Sie galt als die Stradivari der Mundharmonikas und hatte ihn sein ganzes Leben lang begleitet, war zu einer Art Talisman geworden. Als es ihm noch wichtig war, den Menschen zu gefallen, hatte er immer wieder darauf gespielt, um auf sich aufmerksam zu machen. Sie war ein Teil von ihm geworden, und er konnte damit Dinge ausdrücken, für die ihm die Worte fehlten. Er trug sie immer bei sich, liebte sie und hütete sie sorgsam.

Bis zu dem Tag, an dem dann nichts mehr war wie zuvor. Seitdem hatte er Dutzende Male versucht, die Mundharmonika loszuwerden. Er ließ sie an all den Orten liegen, an die er sich zum Malen zurückgezogen hatte. Doch seine Hohner kehrte stets zu ihm zurück. Immer gab es jemanden, der sich die Mühe machte, sie ihm wieder zukommen zu lassen. Es war, als sei sie mit ihm durch einen unsichtbaren Faden verbunden. Wie eine Flaschenpost, die man irgendwo ins Meer wirft und die immer an den Strand zurückgespült wird. Es bestand kein Zweifel: Die Hohner war lebendig und schreckte vor nichts zurück, sie folgte ihm und spürte ihn sogar an Orten auf, wo sich Fuchs und Hase gute Nacht sagten, um ihn daran zu erinnern, dass er ihr untreu geworden war. Dieses Mal war er sicher gewesen, sie nie wiederzusehen. Er hatte sie vor ein paar Monaten in Alaska in einer Berghütte bei Anchorage liegen lassen. Und jetzt hatte er sie wieder in Händen, aus Gründen, die mit Vernunft nicht zu erklären waren.

Der Nachmittag war noch lange nicht vorüber, doch Tyron hatte keine Lust, nach draußen zu gehen. Wie abgesprochen hatten die Ferrettis ihm Lebensmittelvorräte bereitgestellt, und so brauchte er keine Besorgungen zu machen.

Doch er musste sich an seine neue Wohnung gewöhnen, in der er leben und seiner künstlerischen Phantasie folgen würde, bis er seine Arbeit beendet hatte. Er hatte sein Vorgehen genau geplant und wollte zwei Gruppen von je fünf Bildern malen, die sich deutlich voneinander unterschieden; die eine mit Stadtmotiven, die andere mit Motiven aus der ländlichen Umgebung. Seine größte Sorge galt den neugierigen Leuten, die ihn bei den Ortsterminen stören würden, aber was die Bilder betraf, war er ganz ruhig. Er fand es originell, auch düstere Aspekte darzustellen und ins Licht zu rücken (solche widersprüchlichen Begriffe liebte er: den Schatten erhellen) und das Vergängliche der mittelalterlichen Gebäude in ihrer dekadenten Melancholie deutlich zu machen. Das würde seine Wirkung nicht verfehlen. Was ihm Probleme bereitete, war die Heiterkeit der Landschaft, besonders der Sonnenblumenfelder. Das war bestimmt ein wirkungsvoller Kontrast. In letzter Zeit hatte er kaum noch fröhliche und leuchtende Motive dargestellt, die ihn zwangen, helle Farben zu verwenden und sich mit freudvollen Szenarien zu befassen. Jetzt aber blieb ihm keine andere Wahl. Wie gewohnt hatte Vittoria ihn bedrängt, sich auf das Projekt einzulassen, obwohl sie wusste, dass es ein gewisses Risiko barg. Seit Tyron keine Porträts mehr malte, war ihm nicht danach, seinen Handlungsspielraum weiter einzuengen. Dies sagte ihm sein Instinkt. Andererseits sagte dieser ihm auch manchmal, er solle sich besser von der Welt abschotten, nicht mehr kämpfen, sich in einen Winkel zurückziehen und dort warten, bis sein Leiden zu Ende war. Es schien ihm jedoch besser, nicht zu sehr darauf zu hören. Vielleicht sollte er eher der Stimme folgen, die sich manchmal durch den Nebel und den Schmerz bemerkbar machte und ihn daran erinnerte, dass Schönheit das einzige Heilmittel ist und den Schlüssel zu allem darstellt.

Der Lieferwagen mit den Leinwänden, den Farben und allem möglichen Zubehör sollte in zwei Tagen eintreffen, doch Tyron hatte immer ein wenig Material in seinem Rucksack. Einen Block und Zeichenkohle für seine Skizzen. Das genügte. Er machte keine Freilichtmalerei mehr (ein weiterer Verzicht der letzten Jahre), hatte aber stets ein paar Tuben Farbe, eine Palette, ein paar kleine Leinwände, Papier und ein Aquarellset bei sich. Nicht besonders viel, aber genug, um sich die Beine zu vertreten.

Tyron zog seine Jacke aus und begann, Farben zu mischen. Dann ließ er sich auf ein Duell mit der Leinwand ein, bei dem er nicht genau wusste, wer daraus als Sieger hervorgehen würde. Er hatte nicht vor, etwas Konkretes zu malen, sondern nur Lust, Säbelhiebe auszuteilen, furchtlos vorwärts zu rennen, bis ihm die Luft wegblieb, den Punchingball zu bearbeiten, bis ihm die Knöchel brachen. Heraus kam dabei eine asymmetrische Kugel, eine Art riesiger Feuerball. Karminrot, Magentarot, Kadmiumrot, Persisch-Rot, Venedig-Rot, Valentino-Rot. Terracotta-Rot, Scharlachrot, Amaranth-Rot: Er wollte all diese Töne verwenden.

Dann geschah das Wunder, das sich manchmal bei seiner Arbeit ereignete. Tyron verlor jegliches Gefühl für Zeit und Raum, fand sich in der Zeit schwebend in einer fernen und parallelen Dimension wieder. Sein ganzer Körper und Geist wurden davon erfasst. Es war, als sei er aus dem normalen irdischen Leben gerissen.

Stunden später, schwitzend und ächzend, setzte er sich und merkte, dass draußen die Sonne schon unterging. Er liebte das Gefühl der Erschöpfung, das ihn nach dem Malen überkam. Er war innerlich so leer, dass er keinen Schmerz verspürte und es ihm schien, der Sinn seiner Existenz liege genau hier, an diesem Ort. So etwas hatte er lange nicht mehr empfunden.

Er öffnete eine Flasche Chianti, stieß mit seinem Spiegelbild in der Glasscheibe an. Danach aß er still und nahm ein Buch zur Hand. Er legte sich hin, ließ sich vom Schlaf übermannen und besiegelte so diesen ereignisreichen Tag.

Am nächsten Morgen stand Tyron früh auf und stellte sich unter die Dusche. Er war wieder voller Energie. Ihm war, als sei sein Geist ein unberührtes Blatt Papier, für jede Geschichte empfänglich. Er machte sich Kaffee mit dem Espresso, den er in der Kredenz gefunden hatte, verzog aber unweigerlich das Gesicht, als er ihn probierte. Für einen Australier war er zu stark. Er kippte den Rest ins Waschbecken, dann goss er neues Wasser in die Kanne und stellte fest, dass ihm der zweite Kaffee viel besser schmeckte. Signora Marcella hatte ihm gesagt, sie hätten diesen Espresso lange nicht mehr verwendet, doch jetzt genoss er ihn.

Dann steckte er den Zeichenblock und ein paar Kohlestifte in die Tasche und verließ die Wohnung.

Er hatte sich nicht überlegt, welchen Weg er nehmen wollte, und beschloss, die am Vortag zurückgelegte Strecke in entgegengesetzter Richtung zu erkunden. Das Dorf lag in tiefem Schweigen, nur seine Schritte auf der gepflasterten Straße waren zu hören. Die morgendliche Ruhe, unumstrittene Heldin dieser Stunden, glitt schüchtern zwischen den Häusern entlang. Er durchquerte das Dorf. Dann bog er spontan in einen Weg ein, der sich Liebesweg nannte, als wüsste er, wo er endete. Bald merkte er, dass der Weg immer weiter steiler wurde und zu einer Anhöhe führte. Oben angekommen lief er an einem hübschen kleinen Hof vorbei und dann an einer Steinmauer entlang, aus deren Ritzen Büschel von Kapernpflanzen hervorschauten. Sie wurde von Felsen überragt und Tyron nahm an, dass es sich um eine Festungsmauer handelte, die in früheren Jahrhunderten das Dorf geschützt hatte.

Am Ende der ebenen Strecke erreichte er eine Piazzetta, und plötzlich hatte er ein Panorama vor Augen, das ihm den Atem raubte. Hunderte Zypressen, Steineichen, Pinien und andere Pflanzen in allen Grüntönen füllten das weite Tal, reichten bis zum Fuß des Monte Cetona. Mit seiner schmalen, aber fürstlichen Silhouette stand er dem Felsen gegenüber, der schützend hinter dem wunderschönen Dorf aufragte. Es schien, als beanspruche der Berg Cetona für sich.

Dann wehte ein Windstoß Tyron den süßen und intensiven Geruch einer blühenden Linde zu, der ihn berauschte und fast betäubte.

Er setzte sich auf eine Bank, von der man die schönste Aussicht hatte, nahm seinen Zeichenblock, suchte sorgfältig den passenden Kohlestift aus, holte tief Luft und begann zu zeichnen. Als er fertig war, zog er die Mundharmonika aus der Tasche und legte sie neben sich, wie üblich in der Hoffnung, sie nie wiederzusehen.

Den ganzen Vormittag arbeitete er im Freien. Als er nach Hause kam, stieß er auf einige Leute, die aus einem Lieferwagen Leinwände und andere Gegenstände in seine Wohnung trugen. Sie stapelten sie auf dem Boden des Wohnzimmers. Dort standen bereits Schachteln mit Farben und Pinseln. Als er näher trat, sah er, dass Signor Ferretti mit Eifer und Umsicht die Aktion überwachte.

»Guten Tag! Wie Sie sehen, hat Ihre Agentin Wort gehalten. Heute Morgen hat sie angerufen und die Sendung angekündigt. Da ich nicht wusste, wann Sie wiederkommen, habe ich mir erlaubt, alles hereinbringen zu lassen. Ich hatte Angst, die Sachen erleiden Schaden, wenn sie draußen stehen bleiben, bis Sie zurückkehren. Ich hoffe, das war nicht zu aufdringlich von mir.«

Tyron schaute schweigend auf all das Material und dachte, morgen könnte er endlich mit seiner Bilderserie anfangen.

»Nein, das haben Sie genau richtig gemacht, sehr freundlich von Ihnen. Aber nun bemühen Sie sich bitte nicht länger. Ich kümmere mich um den Rest.«

Kurze, trockene, nicht unhöfliche Sätze, die keine Antwort zuließen. Tyron Lane verletzte niemanden, bedankte sich nie zu überschwänglich, verstand es aber, jemanden zu verabschieden, nicht grob, aber bestimmt. Er wollte nicht unsympathisch wirken, aber er war *The*

Homeless Painter und gab sich keinerlei Mühe, anderen Menschen zu gefallen.

Aldo ging ein paar Schritte, wandte sich um, fuhr mit der Hand in die Tasche und hielt ihm einen Gegenstand hin. »Beinah hätte ich es vergessen. Die hat mir der Priester vor einer Stunde gebracht. Er hat sie auf der Bank beim Felsen gefunden. Die Leute sagen, sie gehört Ihnen. Sie müssen wissen, das Dorf ist klein und alle wissen alles von einem. Daran muss man sich gewöhnen.«

Tyron verabschiedete sich von den Arbeitern, gab ihnen eine Nachricht für Vittoria mit, schloss sich in der Wohnung ein und begann, die Sachen zu ordnen. Er stellte ein paar Leinwände auf die Staffeleien, die er in der Mitte des Raumes und in den Ecken aufgebaut hatte, dann bereitete er die Farben für die Palette vor. Er war kein typischer Landschaftsmaler. Skrupulös, systematisch, beinahe fanatisch suchte er die zu malenden Motive aus. Nichts überließ er dem Zufall, jeder Pinselstrich, jede Nuance, alle Farben trug er in stets derselben Ordnung und Reihenfolge auf die Leinwand auf. Und was für einen Landschaftsmaler noch seltsamer war, er arbeitete ungern im Freien. Er war es gewöhnt, mit Kohle die Skizze einer Landschaft zu zeichnen, die zu malen er beschlossen hatte, und dann bannte er sie im Atelier auf die Leinwand.

Früher hatte er prächtige Porträts gemalt, das war am Beginn seiner Karriere gewesen, doch jetzt weigerte er sich entschieden, derartige Aufträge anzunehmen. Porträts setzten voraus, dass man sich auf die betreffenden Personen einließ, und dazu war er seit einiger Zeit nicht mehr bereit. Er konnte in dieser Welt nur überleben, wenn er andere Menschen auf Abstand hielt.

Das einzig Menschliche auf seinen Bildern war seine Signatur. Nicht der klassische Name und Vorname, sondern eine Frau von hinten, welche die Landschaft betrachtete. Mit kurzem dunklem Haar, einer leichten weißen Bluse und einem langen Rock mit Blumenmuster.

EINE HERAUSFORDERUNG UND DREI NICHT-GRAZIEN

Schweigen. Beharrliches Schweigen. Gianmarco mit dem dichten blonden Haar sagte nichts und starrte auf die Spitzen seiner Turnschuhe.

Sofia stand in ihrem Klassenraum, die Hände in die Hüften gestemmt, und schnaufte.

»Ich weiß nicht mehr, was ich mit dir machen soll!«

In einer Geste der Verzweiflung breitete sie die Arme aus und ging zu ihrem Pult. Vom Pausenhof drang das Lärmen der Kinder herein, das die unwirkliche Stille des halbleeren Klassenzimmers noch verstärkte.

»Also gut. Du hast es so gewollt. Wir bleiben nicht nur während der ganzen Pause hier, auch die nächsten

Pausen bleibst du drin, bis du mir zeigst, dass du es begriffen hast.«

Gianmarco zuckte die Achseln und tat, als hätte er nichts anderes zu tun, als mit dem Radiergummi auf der Bank herumzuspielen.

Dann klopfte jemand.

»Herein«, sagte Sofia, dann räusperte sie sich und rief noch lauter. »Herein!«

Die Tür ging auf und Giulia steckte den Kopf herein wie eine Marionette.

»Sofia, was machst du denn hier. Hast du denn keine Pause heute?«

Sofia lächelte und ging zu ihrer Freundin. »Da hat sich jemand sehr schlecht benommen, und deshalb sind wir hier. Die Kinder sind mit Rosy auf dem Hof. Gehst du jetzt nach draußen?«

»Gut, gehen wir. Schade, ich hatte gehofft, ich könnte ein bisschen mit dir plaudern.«

Sie sah mit ihren bernsteinfarbenen Augen auf Gianmarco.

»Können wir diesem Schelm nicht verzeihen?«

Der Junge hielt weiter den Kopf gesenkt, schaffte es jedoch nicht, ein Grinsen zu unterdrücken.

»Sag mal, was kann er denn so Schlimmes getan haben?«, fuhr Giulia munter fort.

Sofia schüttelte den Kopf und ging mit der Freundin bis zur Tür.

»Du rührst dich nicht von der Stelle«, sagte sie zu dem Jungen, bevor sie auf den Flur trat und die Tür schloss.

»Geht es dir auch manchmal so, dass du nicht mehr weiterweißt?«

»Ganz schön oft«, erwiderte Giulia lachend und nahm die Hand ihrer Freundin. »Was ist denn passiert?«

»Nichts. Entschuldigung. Manchmal sind Kinder so richtig grausam. Ich kann mich einfach nicht daran gewöhnen.«

»Kinder sind der Spiegel des Lebens. Ohne Filter. *La vita tira certi schiaffi*. Wenn wir größer werden, lernen wir, die Pille zu schlucken, werden versöhnlicher. So sind sie eben. Alles ist entweder schwarz oder weiß, Kompromisse kennen sie nicht.«

»Ja. Aber manchmal frage ich mich, warum sie so gemein sein müssen, immer auf die Schwächeren loszugehen.«

»Hat es mit Anni zu tun?«

»Woher weißt du das?«

»Schließlich bin ich deine Freundin.«

»Ja, er hat sich wieder über sie lustig gemacht. Ich kann es ihm erklären, so oft ich will, er ist immun dagegen. Er nimmt seine Strafe einfach gelassen hin. Ich habe versucht, mit ihm zu reden, aber er tut, als sei nichts gewesen. Ich bin super frustriert!«

Sofia ließ sich von ihrer Freundin umarmen und fühlte sich gleich besser. Giulia war wie ein Sonnenstrahl, sie hatte etwas Beruhigendes, vielleicht wegen ihrer hellbraunen, fast gelben Augen.

»Du findest schon den richtigen Weg. Da bin ich ganz sicher. Was sind denn das für Blumen auf dem Lehrerpult?«

»Ich glaube, es ist gerade deswegen passiert. Ich habe die Tulpen mitgebracht, weil wir uns mit Holland beschäftigen. Wir nehmen jede Woche ein anderes Land durch. Zuerst lief alles sehr gut. Die Kinder waren begeistert und erzählten, was Holland für sie bedeutet. Auch Anni war richtig froh und machte mit, bis dieses Ungeheuer anfing, sie zu hänseln. Sie sagte nichts und zog sich in sich selbst zurück. Ihr Lächeln erstarrte. Das kann ich nicht vergessen. Aber jetzt gehe ich lieber wieder hinein, wer weiß, was er sonst allein im Zimmer anstellt.«

»Okay. Komm heute Abend zu Giovanna in die Pizzeria. Ich habe dir eine Menge zu erzählen.«

»Ja, ich komme gern, aber sei nicht enttäuscht: Wenn du über unseren neuen Gast reden willst, ich habe nur Schlechtes über ihn zu erzählen.«

»Oh, das klingt ja interessant.«

»Du ahnst ja nicht, wie sehr. Also gut, dann bis heute Abend.«

Pünktlich um halb drei kehrten die Schüler ordentlich in Reih und Glied ins Klassenzimmer zurück.

»Hallo, Kinder, habt ihr euch gut amüsiert?«, fragte Sofia, um Ruhe in den Trubel zu bringen. »Jetzt setzt euch auf euren Platz. Alessio, komm her.«

Alessio trat näher, wie üblich hing ihm der Rotz aus der Nase. Die Lehrerin hielt ihm ein Papiertaschentuch unter die Nase. »Los, schnäuzen!«

Das Kind gehorchte.

»So, jetzt ist's schon besser. Und nun setz dich.«

Manchmal war es, als hätte man eine Hammelherde vor sich. Aber Sofia hatte sich immer schon berufen gefühlt, zu unterrichten. Seit jeher hatte sie gern Dinge erklärt oder erzählt und am meisten gefiel es ihr, Menschen dabei zuzusehen, wie sie etwas lernten und größer wurden. Als Mädchen hatte sie es an ihren Cousins und den kleinen Geschwistern ihrer Freunde ausprobiert.

Was für einen schönen Beruf ich doch habe, dachte sie oft. Sicher, es war schade, dass man sich in einer Art Dauerkrieg mit den Kindern befand, und das nicht mal durch deren Schuld. Schlecht waren nicht sie, sondern die Welt. Zu viel Leid, zu viel Schmerz. Was konnte man daran ändern? Man war zu klein und zu allein … Ein gutes Herz war zu nichts nütze, wenn man nicht auch den starken Mann markierte und böse dreinblickte.

Während sie mit erhobenen Armen und freundlichen Ermahnungen die Klasse zur Ruhe zu bringen versuchte, sah sie aus dem Augenwinkel, wie Gianmarco aufstand.

Der Junge kam zum Lehrerpult und zog eine gelbe Tulpe aus der Vase. Dann ging er zur Bank von Anni, die sich gerade ohne fremde Hilfe hingesetzt hatte. Zunächst schritt Gianmarco nur zögernd auf sie zu; als er dann jedoch sah, dass das Mädchen ganz still dasaß, nahm er vorsichtig ihre Hand und führte sie zu der Blume.

Sofia konnte die Worte, die die beiden wechselten, nicht hören, aber an Annis Lächeln erkannte sie, dass es keinen Grund gab, pessimistisch zu sein, schon gar nicht bei Kindern. Dieser Augenblick genügte, um ihr alle verlorene Energie zurückzugeben.

Der Nachmittagsunterricht war lebhaft, interessant und ging im Nu vorbei. Dann schrillte die Schulglocke. Es folgte der Lärm verrückender Stühle, sich schließender Schultaschen und von Stimmen, die sich zu einem misstönenden Konzert vereinten.

An manchen Tagen wirkte dieser unverwechselbare Klang wie eine Befreiung, auf die sie sehnsüchtig wartete; an anderen Tagen kam er unerwartet und brach einen Bann. Solche Tage waren natürlich seltener. Sofia genoss dieses kostbare Gefühl. Sie blieb stehen und sah mit halbgeschlossenen Augen auf die Schüler, die eilig auf den Flur liefen, nachdem sie sich von ihr verabschiedet hatten.

Dann packte sie ihre Mappe, in Gedanken versunken, die nicht mehr bitter waren wie vorhin. Deshalb bekam sie fast einen Herzschlag, als sie plötzlich einen Schatten vor sich sah.

Sie brauchte ein paar Sekunden, bis sie sprechen konnte.

»Gianmarco, was machst du denn noch hier?«

Der Junge sah sie schief unter seinem langen Pony hervor an. Dann trat er näher, nahm eine andere Tulpe aus der Vase und hielt sie ihr hin.

»Für Sie.«

»Dankeschön. Ich sehe, es scheint dir Spaß zu machen, andere zu beschenken. Willst du den Rest vom Blumenstrauß deiner Mutter mitbringen?«

»Nein.«

Sofia streichelte ihm den Kopf und verwuschelte sein Haar, das sich aber gleich danach wieder zurechtlegte. Der Junge trat ein paar Schritte zurück und deutete ein Lächeln an.

»Ich freue mich, dass du dich bei Anni entschuldigt hast.«

»Ich mich auch.«

»Sie ist kein Mädchen wie die anderen. Wir müssen ihr alle ein bisschen helfen, weißt du?«

»Ja.«

»Das ist vielleicht schwer zu begreifen, aber du bist ein intelligenter Junge. Es ist wichtig, nett zu den anderen zu sein, vor allem zu den Schwächeren.«

Sofia beugte sich zu dem Jungen herunter und ab ihm einen Kuss auf die Wange.

»Mach dir keine Gedanken. Es ist nicht so einfach zu lernen, die eigenen Gefühle zu verstehen. Du hast es heute falsch gemacht, aber du hast es auch verstanden. Deshalb bin ich stolz auf dich, und ich bin sicher, dass es immer besser wird.«

»Ich geh dann mal, danke.«

Der Junge rannte davon, ohne die Tür zu schließen, und Sofia blieb allein zurück.

»Und dann?«

»Was und dann?«

»Also, erzählst du es mir?«

»Ach, du willst wissen, wie es mit Gianmarco weitergegangen ist.«

»Ja, genau. Wir hatten ja eigentlich ausgemacht, dass wir nicht über die Arbeit reden, aber … Man sieht schon von weitem, dass er den harten Typen nur spielt, aber eigentlich ein weiches Herz hat. Doch jetzt erzähl schon.«

»Ach so, du willst etwas über den Maler wissen? Du bist ja total auf den fixiert!«

»Du weißt doch, wie es ist. Hier im Dorf passiert nie etwas. Alles ist wie immer. Da ist es doch sicher *das* Ereignis des Sommers, dass ein echter verdammter Künstler, ein *artiste maudit* hier ist.«

»Ja, du hast recht, verdammt ist er.«

»Jetzt hör auf, so herumzudrucksen. Die Pizza ist schon aufgegessen und meine Geduld ist zu Ende.«

Sofia und Giulia saßen an einem kleinen Tisch vor der Pizzeria. Mit der Tochter des Inhabers befreundet zu sein, hatte seine Vorteile. Vor allem wenn der Sommer kam und das Lokal immer voll war, erhielt man stets den besten Tisch. Giovanna gesellte sich zu ihnen: Ihre schwarzen Haare glänzten, ihre Schürze war leuchtend weiß und ihr feines Gesicht hatte einen schalkhaften Ausdruck.

»Ich bringe euch unseren Besten«, sagte sie und stellte eine Weinflasche auf den Tisch. »Ich finde, dass ich eine Pause verdient habe, und zwar eine lange.«

»Bist du entlassen worden?«

»Von wem? Von meinem Papa? Der wäre glatt dazu imstande.«

Giovanna goss drei Gläser ein und reichte zwei den beiden Freundinnen.

»So sitzen wir endlich mal wieder zusammen.«

»Die drei Nicht-Grazien, wie mein Vater uns nennt.«

»Dein Vater hat ja keine gute Meinung von uns«, sagte Giulia, »ich geh ihn nachher mal in der Küche besuchen.«

»Das liegt am Alter. Aber was hat denn unsere Sofia heute Abend bloß? Du bist so still, dass ich mir schon Sorgen mache.«

Sofia deutete ein Lächeln an und setzte dann endlich das Glas an die Lippen.

»Lass sie in Ruhe. Siehst du es nicht? Sie ist verliebt«, warf Giulia ein.

Sofia verdrehte genervt die Augen und gab ihr unter dem Tisch einen Fußtritt.

Giovanna war verwirrt, sah erst Sofia und dann Giulia an.

»Und in wen?«

Giulia kramte in ihrer Handtasche, zog mit zufriedenem Gesicht ein paar Blätter heraus und hielt sie Giovanna hin.

»Hier, lies mal.«

Sofia brach in Lachen aus und sagte: »Was ist denn das? Sag bloß, du trägst die in deiner Handtasche herum.«

»Irgendeiner muss es doch tun, damit auch Giovanna auf dem Laufenden ist, oder?«

»Wenn du mit so was anfängst, wirst du unerträglich, eine unverbesserliche Tratschtante.«

»Ich weiß«, antwortete Giulia mit einem freundlichen Grinsen.

Giovanna nahm die Blätter in die Hand und begann zu lesen.

Tyron Lane, geb. in Sydney am 5. März 1979. Über seine Kindheit ist wenig bekannt. Diplom in Kunstgeschichte an der Universität Sydney. Mit 29 Dozent an derselben Einrichtung, zugleich Maler aus Leidenschaft. Er malt naturalistisch, vor allem aber ist er ein talentierter Porträtmaler und befand sich auf dem Höhepunkt seiner Karriere, als er mit dreißig Jahren durch Vermittlung eines Freundes den Sänger Prince kennenlernte und sein Porträt anfertigte. Dadurch wurde er weit über Australien hinaus bekannt. Er gab die Lehrtätigkeit auf und beschränkte sich auf die Porträtmalerei, bis ein persönliches Erlebnis, von dem kaum jemand weiß, sein Leben und zugleich seine Art zu malen entscheidend beeinflusste. Seit dieser Zeit ist er ein Wanderer zwischen den Welten, übersiedelte in die USA und malt nur noch auf Bestellung. Seine Bilder sind heute Tausende Dollar wert und in den Galerien der bedeutendsten Städte der USA zu finden. Da er von einem Land zum nächsten zieht, wird er The Homeless Painter *genannt. Seine Bilder sind durch die besondere Signatur unverwechselbar: eine von hinten gemalte Frau, die auf die von ihm dargestellte Landschaft blickt.«*

»Findest du den Typ interessant? Mir scheint, er ist ein bisschen merkwürdig, aber alles andere als langweilig«, begeisterte sich Giulia.

»Warte mal, du willst doch wohl nicht behaupten, dass der berühmte Gast der Familie Ferretti die Abwesenheit des größeren Bruders ausnutzt, um die süße und wehrlose jüngere Schwester zu umgarnen? Eifersüchtig wie Andrea ist, dürfte er diese Neuigkeit kaum gut finden.«

Wie von der Tarantel gestochen warf Sofia den Kopf herum, blitzte die arme Giovanna an und sagte: »Nicht mal im Traum! Andrea weiß von dieser Sache nichts und hat auch nichts zu befürchten, weil ich mich selbst um mich kümmern kann. Wenn es nach mir ginge, hätte ich ihn schon mit Tritten in den Hintern aus dem Haus gejagt.«

»Entschuldigung, jetzt reg dich doch nicht so auf. Ich mache doch nur Spaß.«

Giulia bemühte sich, die Stimmung zu entspannen:

»Liebe Giovanna, weißt du, irgendwie stimmt die Chemie zwischen den beiden nicht. Offenbar gab es ein paar Missverständnisse und deshalb ist aus der möglichen Freundschaft zwischen ihnen nichts geworden.«

»Ein paar Missverständnisse? Wenn ich euch erzählen würde, was der angestellt hat …«

»Ja eben, willst du es nun erzählen oder nicht?«

»Womit soll ich anfangen? Dass er uns für eine Horde lästiger Nichtstuer und Störenfriede hält? Oder dass er aus Prinzip die Jungs in der Armee, die dem Vaterland dienen, kritisiert, ohne zu wissen, wer sie sind und was sie tun? Besser noch erzähle ich, was passiert ist, als meine Eltern mich gezwungen haben, ihm ein Paket zu bringen, das für unseren *hochgebildeten* Gast geliefert worden war. Dass er mich erst in Verlegenheit gebracht hat und mir dann auch noch ein Trinkgeld geben wollte, als wär ich seine Kellnerin!«

Sofia sah Giovanna an und fügte hinzu: »Nichts gegen Kellnerinnen.«

»Na ja, ich wollte schon gerade sagen: Ich bin nicht beleidigt, wenn ich Trinkgeld kriege.«

»Klar, aber du musst mal den Zusammenhang sehen. Das war doch völlig unpassend! Wirklich ein abscheulicher Kerl. Neulich ist der Bürgermeister gekommen, um ihn im Namen des Dorfes zu begrüßen, da hat er ihm nicht mal die Tür aufgemacht und erklärt, er hätte keine Zeit zu verschenken. Du kannst dir vorstellen, wie peinlich das meinen Eltern war.«

Giulia grinste und wischte sich den Mund mit der Serviette ab.

»Er mag vielleicht keine Amtspersonen. Mich freut das ja. Ich finde den Bürgermeister richtig unsympathisch. Immer versucht er, sich wichtig zu machen. Er hat es nicht besser verdient. Es tut mir nur für deine Eltern leid.«

»Ich glaube, mein Vater fängt langsam an zu bereuen, dass sie ihm die Wohnung vermietet haben. Diese Vittoria Mirri hat Papa um den Finger gewickelt. Dass

Männer, wenn sie schöne Frauen sehen, immer gleich den Kopf verlieren müssen. Wirklich schade!«

»Entschuldige mal«, unterbrach Giovanna sie, »wer ist denn nun schon wieder Vittoria Mirri? Ihr redet über sie, ohne dass ich weiß, um wen es geht. Zuerst habt ihr von dem sexy Maler geredet, und wenn ihr jetzt auch noch mit seiner Verlobten ankommt, ist das echt zu viel.«

»Was für eine Verlobte denn? Der Mann ist mutterseelenallein! Wer gibt sich denn mit so einem ab?«

»Na ja, dann würde ich es mir überlegen«, sagte Giulia lachend, während Giovanna energisch nickte. »Ja, so eine Gelegenheit sollte man sich nicht entgehen lassen.«

«Das sagt ihr bloß, weil ihr ihn nur auf einem aus der Ferne aufgenommenen Foto gesehen habt! Wenn ihr mich einen Moment reden ließet, dann würdet ihr erfahren, dass Vittoria Mirri seine Agentin ist. Sie hat bei meinen Eltern alles für ihn klargemacht. Die Frau muss etwas ganz Besonderes sein. Ich wundere mich, dass sie bereit ist, einen so unhöflichen Höhlenmenschen zu vertreten.«

»Soweit ich weiß, erzählen ein paar Leute im Dorf nur Nettes über ihn. Sie sagen, er sei sehr zurückhaltend, freundlich, ganz das Gegenteil von dem, was du meinst. Stell dir vor, heute im Supermarkt habe ich gehört, wie Tante Antonia der Kassiererin erzählt, dieser ausländische Maler habe der Signora Landa geholfen, die Einkaufstüten vom Markt bis zu ihrem Haus oben auf den Felsen zu tragen. Deswegen weiß ich nicht so recht, was ich von dem, was du erzählst, halten soll.«

»Vielleicht wollte er sie klauen. Bei so einem Typ muss man mit allem rechnen«, antwortete Sofia ohne jede Ironie, bevor sie aufstand. Ihre Freundinnen sahen sie irritiert an.

»Giulia, tu mir einen Gefallen und bezahl für mich, ich gebe dir das Geld morgen. Ich gehe schon mal, weil mir der Kopf wehtut. Seid mir nicht böse, ich bin einfach furchtbar wütend. Ciao. Giovanna, grüß deinen Vater von mir.«

Giulia und Giovanna blieben sitzen und sahen ihr kopfschüttelnd nach.

»Der Sommer hier in Cetona wird schön heiß werden, meinst du nicht auch?«

»Was soll ich dazu sagen? Wenn es früh am Morgen nach gutem Wetter aussieht, wird es später meist ganz schlecht.«

DIE DRITTE SEITE

Eine weitere Woche verging, in der die gutnachbarschaftlichen Beziehungen von Sofia und Tyron zwischen Gleichgültigkeit und Unduldsamkeit hin- und herschwankten. Schritte verlangsamten sich oder Türen wurden schnell geschlossen, damit sie sich nicht begegnen mussten. Er hatte sich nach den ersten Tagen, in denen er umhergestreift war, in der Wohnung eingeschlossen, um zu arbeiten, und ging kaum noch aus. Sie lebte ihr normales Leben, fand aber immer wieder Gründe, sich bei ihrer Mutter über ihn zu beschweren, wegen zu lauter Musik oder wegen eines Müllbeutels, der ein paar Stunden vor seiner Tür gestanden hatte, bevor er ihn hinunterbrachte.

Im Großen und Ganzen kehrte langsam wieder Normalität ein und Sofia hatte fast schon wieder vergessen, dass sie vor ein paar Tagen ein unbekannter, gutaussehender, interessanter Journalist besucht hatte, natürlich verheiratet. Giulia sagte immer: »Die Guten sind alle schon vergeben, und findet man einen, der noch frei ist, fragt man sich gleich, was für eine Macke er hat.«

Heute Nachmittag kam Giulia mit einer Ausgabe des *Echo* und einem strahlenden Lächeln all ihrer zweiunddreißig Zähne zu Sofia. »Sieh mal hier! Wir sind wegen deines Malerfreundes berühmt! Vor allem du.«

»Welcher Freund?«, schnaufte Sofia und riss ihr sofort die Zeitung aus der Hand. Aufgeschlagen war das Feuilleton Seite drei.

SCHÖNHEIT OHNE LIEBE

Das Nicht-Interview mit einem Künstler,
der irgendwo seine Seele verloren hat.

Glücklicherweise habe ich gute Beziehungen zum Chefredakteur, sonst hätte er mich bereits entlassen und niemand könnte diesen schönen Text lesen (ein großer Verlust, würden Sie sicher sagen). Sie müssen allerdings wissen, werte Leser, dass ich einen großen Teil meines in den letzten Jahren angesammelten Kredits aufs Spiel setze, und deshalb, fangen Sie, wenn Sie die Arbeit des Unterzeichneten bisher geschätzt haben, bitte an, Unterschriften für mich zu sammeln. Sie glauben jetzt bestimmt, dass ich mich absichern will. Doch ich stehe mit leeren Händen da. Ich habe keinerlei Nachrichten für Sie, die für sich sprechen könnten und es mir ersparen würden, mich in rhetorischen Floskeln zu ergehen. Die Dinge sind ehrlich gesagt nicht so gelaufen, wie ich es mir erhofft hatte. Stolz und hocherhobenen Hauptes habe ich mich aufgemacht, um einen berühmten Künstler zu interviewen. Man hatte mich gewarnt, es würde nicht einfach sein, doch ich mochte scheinbar unlösbare Aufgaben schon immer gern und habe mich noch nie entmutigen lassen. Alle wissen, dass The Homeless Painter *nicht nur schwer zu erreichen ist, da er keine feste Bleibe hat, er hat auch einen schwierigen Charakter, der ihn in jeder Hinsicht unangreifbar macht. Als alter Journalistenhase jedoch weiß ich, dass Mythen allzu oft nicht mit der Wirklichkeit übereinstimmen und sich jede Tür öffnen lässt, wenn man nur den richtigen Schlüssel besitzt (davon bin ich noch immer überzeugt, obwohl mir die Tatsachen beweisen, dass ich diesen Schlüssel nicht habe, Anm. d. Red.).*

Ich habe einen langen Weg zurückgelegt, der mit verschlossenen Lippen, stummen Telefonen und bösen Blicken gepflastert war. Schließlich bin ich bis nach Cetona gekommen, einem hübschen Ort in der Umgebung von Siena, in den man sich unwillkürlich verliebt.

Hier habe ich von bäuerlichen, aber freundlichen Zeitungsverkäufern, weisen Priestern und reizenden Grundschullehrerinnen alle möglichen Hinweise erhalten, doch ist es mir nicht gelungen, auch nur das kürzeste Gespräch mit diesem geheimnisvollen Mann zu führen. Als ich mich seiner Wohnung näherte, wurde ich mit einer gewissen … sagen wir Entschiedenheit abgewiesen. Ich habe an seine Tür geklopft. Nichts. Die Hausbesitzerin (übrigens eine exzellente Köchin) hat mir zu verstehen gegeben (mit wirklich großer Freundlichkeit), ihr Gast empfange keinerlei Besuche. Die Meinungen, die ich über ihn gehört habe, gehen auseinander: Manche hassen ihn uneingeschränkt, andere verteidigen sein Recht auf Privatsphäre, wieder andere sagen, er habe ein goldenes Herz, das unter Brombeeren verborgen sei (dies sagte man mir wörtlich), niemand aber hat ihn als großen Sympathieträger bezeichnet. »Wie kann man für die Schönheit plädieren und die Liebe seiner Mitmenschen und der Welt verschmähen?«, sagte mir eine strahlende junge Frau, die eine sehr unerfreuliche Begegnung mit ihm hatte.

Wir wollen hoffen, dass diese abweisende Haltung sich nicht in den Gemälden dieser wunderbaren Landschaft niederschlägt. Ja, unser Kandidat ist hier, um mit seinem unverwechselbaren Stil Cetona und Umgebung ein Denkmal zu setzen, im Auftrag einer amerikanischen Sammlerin, die sich die Schönheit dieser Gegend ins Haus holen möchte, um sie anzuschauen, wann immer sie will (hat sie nicht recht? Ich täte es auch, wenn ich könnte).

Es ist wirklich schade, dass es mir nicht gelungen ist, mit ihm zu sprechen. Ich wäre gern seiner Melancholie auf den Grund gegangen, um Ihnen zu erzählen, welche Bedeutung die von hinten gemalte Frau hat, die schweigend die Natur betrachtet, hätte mir den Schmerz eines sensiblen Menschen angehört und seine Geschichte weitergegeben. Aber er verleugnet sich. Verstohlen durchstreift er mit seinem Zeichenblock und dem Kohlestift Felder und Hügel, dann schließt er sich in seiner lichtdurchfluteten Wohnung ein und malt den ganzen Tag. Ich kann es ihm nicht übelnehmen. Dies ist seine Art, sich auszudrücken, und wir müssen uns damit begnügen. Ich tue dies gern und warte gespannt auf die neue Bilderserie.

Ihr Reporter aus Cetona, Clark Kent

Neben dem Artikel war ein Foto von Tyron zu sehen (ein altes, verblasstes, unscharfes Archivbild, typisch für jemanden, der sich ungern zeigt und lieber unauffindbar bleibt), eine Aufnahme im Sitzen, kurz bevor er zu malen begann, kastanienbraunes langes, wirres Haar, ein mageres Gesicht, ein ungepflegter Bart und eine Narbe über dem linken Auge. Sein Blick wirkte erloschen, leer, ohne jede Lebensenergie.

Daneben war eines seiner berühmtesten Gemälde abgebildet: die von hinten gemalte Frau, die auf dem Gras sitzend eine Klippe betrachtet, an der sich die Gischt eines aufgewühlten Meeres bricht. Das Bild hieß *I think about you*. Es war die Frau, die später zu seiner Signatur wurde und in jeder Landschaft winzig klein auftauchte, als sei sie gleichzeitig Teil des Bildes wie auch seine Betrachterin.

EIN ENGEL

Als er das letzte der fertigen Bilder betrachtete, konnte er nicht umhin zu lächeln. Er war zufrieden. Die Arbeit der ersten vierzehn Tage hatte alle seine Erwartungen übertroffen. Im Rekordtempo hatte er die fünf Bilder von Cetona fertiggestellt.

Ihm fehlte es nicht an Inspiration, sie war sogar überschäumend. Die Dialektik zwischen Mensch und Natur beherrschte alles. Cetona war von der Landschaft umgeben und durchdrungen.

Zunächst hatte Tyron das von den Jahrhunderten gebeutelte und verwitterte alte Dorf dargestellt, das endlose Geschichten und Legenden erzählte. Danach die Festung mit dem wunderschönen Platz aus dem 16. Jahrhundert und der Terrasse mit einem Panaroma, das dem Betrachter Lust machte, in das Bild hineinzugehen und über den Himmel zu fliegen. Die alte Burg oben auf dem Felsen mit ihrer atemberaubenden, blendenden Aussicht. Und der Monte Cetona mit dem darunterliegenden Tal, das in allen Farben leuchtete und strahlte wie ein bunter Harlekin, ein Gewand aus verschiedenen Stoffresten, von der Natur zusammengenäht.

Das Gemälde aber, auf das er besonders stolz war, das schönste von allen, es zeigte das Dorf mit dem Campanile der Kirche San Michele Arcangelo, umgeben von den Häuschen, die an der mittelalterlichen Mauer standen. Darüber der Felsen mit dem Bergfried, dem einzigen Turm, der von der früheren Pracht übrig war. Jetzt wurde er geschützt, nicht von tapferen Rittern, sondern von zahlreichen Zypressen, die von der *Toteninsel* des berühmten Malers Böcklin ausgeliehen zu sein schienen.

Als Nächstes stand der schwierigste Teil seiner Arbeit an, die ländliche Umgebung Cetonas. Doch Tyron hatte schon viel geschafft und war deshalb recht zuversichtlich. Nach diesen Tagen, die er drinnen eingeschlossen gewesen war, hatte er Lust, nach draußen zu gehen. Allerdings waren zuvor noch ein paar ärgerliche Details zu klären. Er kannte die Umgebung nicht, hatte kein Auto zur Verfügung (und war nicht sehr sicher im Autofahren, da er seit Jahren nicht mehr hinter dem Steuer gesessen hatte). Das hieß logischerweise, dass er jemanden um Hilfe bitten musste, auch wenn ihm das noch so arg zuwider war. An wen er sich wenden musste, um das Problem zu lösen, lag auf der Hand. An Signor Ferretti, der dann auch gleich begeistert zustimmte.

»Kein Problem! Passt es Ihnen morgen am Sonntag? Wir nehmen meinen Wagen, und dann zeige ich Ihnen ein paar wunderbare Orte. Wir müssen aber früh losfahren, sonst haben Sie nicht genug Zeit, alles zu zeichnen, was ich Ihnen zeige, und ich versichere Ihnen, dass es nirgendwo Schöneres zu sehen gibt als hier im Umland.«

»Sehr gut, von mir aus können wir im ersten Morgenlicht losfahren.«

»In Ordnung. Morgen früh um sechs hier vor dem Haus.«

Ganz sicher waren die Ferrettis ein Beispiel nahezu perfekter ehelicher Liebe. Auch waren sie mit zunehmendem Alter weise und rücksichtsvoll geworden. Denn das Geheimnis von glücklichen Beziehungen liegt darin, die Fehler des anderen hinzunehmen. Doch an jenem Abend merkte man davon nichts.

Marcella stand mitten im Zimmer und gab so schrille Töne von sich, dass die Scheiben bebten, und schoss brennende Pfeile aus ihren eiskalten Augen ab. Aldo saß erschrocken auf dem Sofa und wartete darauf, dass der Sturm vorüberging.

»Wie konntest du nur? Sag bloß, wie ist das möglich? Das ist das x-te Mal, dass du nicht darüber nachdenkst, was du tust. Hast du vielleicht etwas Wichtigeres im Kopf?«

Aldo schwieg eisern, schob die Unterlippe vor, um so zerknirscht auszusehen wie irgend möglich und die unbändige Wut seiner Frau zu bändigen, was ihm aber nicht gelang.

»Und jetzt guck mich nicht an wie ein geprügelter Hund, sonst werde ich noch wütender, kapiert? Du bringst mich noch zur Weißglut. Immer wieder frage ich mich, ob du geheiratet hast, um ständig zu beweisen, dass du dein Leben nur nach deinen eigenen Interessen ausrichtest. Jagen, Arbeiten, Abendessen mit Freunden, und das immer, ohne mich vorher zu fragen. Aber lassen wir das. Jetzt ist der gnädige Herr plötzlich auch noch ein Kunstfan. Wie oft habe ich dir von dem Mittagessen morgen erzählt? Wie oft? Und jetzt hör auf, so zu grinsen, sonst schlag ich dir alle Zähne aus. Stimmt es oder stimmt es nicht, dass ich dir mindestens fünfmal gesagt habe, dass wir morgen nach Siena zum Hochzeitstag der Meli fahren? Ich habe mir sogar extra ein Kleid dafür gekauft.«

Aldo schluckte und wagte eine vorsichtige Antwort.

»Ist ja gut, Entschuldigung. Du hast ja recht. Es tut mir leid, ich habe es nicht extra gemacht, ich wollte dich nicht verärgern. Ich habe es einfach völlig vergessen. Ich brauche doch nur zu dem Maler zu gehen und ihm zu sagen, dass es morgen nicht geht. Das ist doch kein Problem.«

Marcella sah ihren Mann an und verschränkte die Arme.

»Das meinst du doch wohl nicht ernst, oder? Ein Mann ist so viel wert wie seine Worte. Zuerst hast du mir zugesagt mitzukommen, dann nimmst du alles zurück, und jetzt willst du unserem Gast dasselbe zumuten?«

Aldo hatte allmählich genug, schnaufte und stand vom Sofa auf.

»Was soll ich denn machen, ich kann mich schließlich nicht in zwei Teile teilen.«

»Nein, Gott sei Dank nicht. Warte mal, vielleicht fällt mir etwas ein. Vielleicht fällt dir ja noch eine dritte Verpflichtung ein.«

Aldo vertraute im Grunde auf das Organisationstalent seiner Frau, sie würde schon einen Ausweg aus diesem Dilemma finden.

Und tatsächlich sagte Marcella plötzlich:

»Natürlich, wieso hab ich nicht gleich daran gedacht? Sofia! Sie kann mit ihrem Auto fahren, morgen hat sie doch frei. Das ist die einzige Lösung.«

»Sofia? Bist du wahnsinnig? Sie hasst den Maler doch, das wird sie niemals machen. Du weißt doch, was sie von ihm hält.«

»Ach, tatsächlich? Na, dann finde du mal eine bessere Lösung. Du hast uns das alles eingebrockt. Und ich rate dir nur eins: Beeil dich, sonst rufe ich meine Cousine Marta an und frage nach der Nummer des Scheidungsanwalts.«

»Na wunderbar, dann kann ja der Anwalt mit dir zu dem Mittagessen gehen.«

»Warum nicht? Marta sagt, er sähe richtig gut aus.«

Marcella verließ sichtlich verärgert den Raum und überließ es Aldo, darüber nachzudenken, wie er am besten Sofia überreden konnte, am nächsten Tag den verfluchten Maler zu begleiten. Eigentlich konnte man nur sagen: *mission impossible*.

»Wie bitte? Du bist ja wohl verrückt! Tut mir leid. Lass mich damit in Ruhe.«

Sofia war rot im Gesicht und wütend. Sie konnte sich nicht vorstellen, wie ihr Vater den Mut aufgebracht hatte, sie um so etwas zu bitten.

Aldo sah sie mit flehenden Kinderaugen an, gewillt, den Widerstand seiner Tochter mit Sanftheit zu brechen.

»Sofia, ich bitte dich, hilf mir, deine Mutter würde mir das nie verzeihen. Sei ein liebes Mädchen. Das ist doch nicht zu viel verlangt. Du brauchst ihn nur an ein paar schöne Plätze hier in der Umgebung zu fahren. Ich verspreche dir, dass das nie wieder vorkommen wird. Ich weiß, dass du ihn nicht magst. Aber ich bitte dich inständig darum, nur mir zuliebe. Damit wäre ich mein Problem los. Außerdem kriegst du eine Belohnung.«

Aldo wusste, seine Tochter hatte ein gutes Herz, und dies würde siegen. Sicher, es war mies von ihm, das auszunutzen, doch er wusste nicht mehr, an welchen Heiligen er sich noch wenden sollte. Sein Gejammer führte schließlich zum erhofften Erfolg.

»Ist ja gut, hör mit dem Gequengel auf. Ich mache es nur, um deine Ehe zu retten. Außerdem wäre Mama sonst den ganzen Sommer über sauer. Aber eins schwöre ich dir, noch einmal mache ich das nicht. Also pass in Zukunft auf, wenn du Verabredungen triffst, ohne deine Frau zu fragen. Jetzt, wo sie dir nichts mehr zu verzeihen braucht, bist du mir aber etwas schuldig. Vergiss das nicht.«

Aldo seufzte erleichtert auf und umarmte seine Tochter.

»Danke, du bist ein Engel. Ich wusste doch schon immer, dass all die schlaflosen Nächte und das Windelwechseln eine gute Investition in die Zukunft waren.«

»Nun mal langsam. Ich sagte doch, dass du mir etwas schuldest.«

»Mein Schatz, für dich würde ich alles tun, ganz gleich, was es ist.«

»Jetzt schmeichelst du mir auch noch«, sagte sie lachend und gab ihm einen Kuss auf die Wange.

Im Gehen hörte sie die Stimme ihres Vaters rufen: »Ach, habe ich dir schon gesagt, dass du morgen früh um sechs unten sein musst?«

Sofia wandte sich empört um und verdrehte die Augen.

»Jetzt mach doch nicht so ein Gesicht! Frühmorgens ist das Licht wirklich wunderschön.«

NIEMANDSLAND

Als Tyron auf das Auto zuging, staunte er über die Kopfbedeckung, die Signor Ferretti trug. Eine Fischermütze, bestickt mit unzähligen lila und rosa Blümchen.

Dann öffnete er die Wagentür und sah zu seiner Verwunderung und Erleichterung, dass auf dem Fahrersitz Sofia saß und nicht Aldo Ferretti, der sich von seiner rosa Seite zeigte.

»Guten Morgen, hat sich das Programm geändert?«

Sofia versteckte sich hinter ihrer Sonnenbrille und wandte das Gesicht langsam Tyron Lane zu, halb mürrisch, halb gleichgültig. Nicht zu übersehen, wie begeistert sie von diesem sonntäglichen Ausflug aufs Land war.

»Ja, so kann man es nennen. Mein Vater hatte vergessen, dass er schon eine Verabredung hat, und hat mich angefleht, ihn zu vertreten. Und wenn ich sage angefleht, dann ist das nicht übertrieben.«

Tyron grinste, während er seinen Sicherheitsgurt anlegte.

»Haben Sie Angst, mit mir zu fahren? Ich habe einen ganz normalen Führerschein.«

»Nein, ich glaube nur, man kann nie vorsichtig genug sein. Ich bin Ihnen aber dankbar, dass Sie bereit sind, Ihren Vater zu vertreten.«

Dann steckte er eine Hand in seine Hemdentasche. Sofia, die zu erahnen meinte, was er gleich tun würde, räusperte sich und sagte:

»Wenn Sie mir wieder Trinkgeld geben wollen, dann lass ich Sie aussteigen und überfahre Sie, zuerst im ersten, dann im Rückwärtsgang.«

Tyron hörte schweigend zu, setzte sich langsam die Sonnenbrille auf und lächelte ihr zu.

»Keine Sorge, ich habe die Lektion gelernt. Was meinen Sie, fahren wir los?«

Sofia sagte nichts und startete den Motor, gab Gas und raste so schnell sie konnte auf die Piazza des Dorfes zu. Sie fuhr durch Cetona hindurch und bog dann nach rechts ab, weg vom bewohnten Zentrum. Die Straße führte in vielen Kurven an grünen hügeligen Kornfeldern und kleinen Olivenhainen vorbei, zwischen denen hier und da große weiße Villen aus dem Grün hervorschauten.

Der heitere Himmel beobachtete alles von oben und die gerade erst aufgegangene Sonne berührte mit ihren Strahlen sanft das kleine weiße Auto, das über die Landstraßen sauste.

Nachdem Sofia zwanzig Minuten lang schweigend vor sich hin gefahren war, gab sie den ersten Satz von sich. »Sagen Sie, wann ich anhalten soll. Hier in dieser Gegend ist alles schön.«

Tyron, der die ganze Zeit aus dem Fenster gesehen hatte, antwortete nicht. Es stimmte tatsächlich: Die Gegend war wirklich zauberhaft, und überall waren Motive für herrliche Bilder zu finden. Er hatte die Qual der Wahl. Doch plötzlich zog hinter einer Kuppe etwas seine Aufmerksamkeit auf sich und er sah das erste Bild vor sich, als sei es bereits fertig. Eine uralte Eiche stand einsam und allein in einem Kornfeld und schien mit mütterlicher Zuneigung die blonden Ähren zu umarmen, die dort üppig wuchsen und leuchteten.

»Bitte halten Sie hier an.«

Sofia bremste und parkte auf der schmalen Straße am Rande des Feldes.

»Warten Sie hier, ich komme gleich wieder.«

»Ganz wie Sie wollen.«

Sie sah ihn fortgehen. Er schritt langsam um das Feld herum. Dann blieb er abrupt stehen, zog ein Skizzenbuch und einen Stift aus der Tasche, setzte sich auf einen Felsblock und begann zu zeichnen. Sofia beobachtete ihn erstaunt vom Auto aus.

Die Sonne stand schon höher am Himmel und bald war es im Wagen nicht mehr auszuhalten. Sofia ließ die Fenster herunter, um Durchzug zu haben, doch es wehte kaum ein Lüftchen. Sie wischte sich die Stirn mit einem Erfrischungstuch ab und fluchte, dass das Auto keine Klimaanlage besaß. Dann sah sie zu Tyron hinüber, der so konzentriert zeichnete, dass ihn das heiße Sonnenlicht und die schwüle Luft, die unerträglich zu werden begann, nicht im Geringsten störten.

Sofia hoffte, dass er sich beeilen würde. Sie konnte ja nicht ahnen, dass er dieses Ritual den ganzen Vormittag hindurch fortsetzen und ihre Geduld grenzenlos strapazieren würde. Es verlief auf die immer gleiche Weise. Sie fuhr, bis Tyron sie anzuhalten bat. Dann ließ er sie mindestens eine halbe Stunde warten und widmete sich seinen Skizzen.

Inzwischen wurde die Luft immer heißer. Schon beim dritten Mal hatte Sofia Lust, wegzufahren und ihn dort zurückzulassen. Sie war am Ende ihrer Nerven, ihre Stirn und ihre Bluse waren klatschnass, und sie versuchte, ihn durch die Windschutzscheibe böse anzusehen, doch er war immun dagegen, nur mit sich selbst beschäftigt, wie ein guter narzisstischer Künstler eben. An der vierten Station dieses Kreuzwegs stieß Sofia ein paar Flüche gegen ihren armen Vater aus, der sie in diese missliche Lage gebracht hatte.

Sie war jetzt mehr denn je entschlossen, Tyron zu sagen, sie habe genug davon, jedes Mal auf ihn zu warten, und es sei eine Riesengemeinheit von ihm, sie in der heißen Sonne brüten zu lassen. Aber er war ja nicht in der Nähe, und so hörte er nichts von ihrem Geschimpfe.

Erschöpft öffnete sie das Handschuhfach und suchte etwas, mit dem sie sich Luft zufächeln konnte. Sie wühlte in dem Klimbim, der sich dort befand, herum, bis sie etwas Geeignetes gefunden hatte: ein kleines violettes Büchlein. Doch die Liebesgedichte von Jacques Prévert waren nicht nur ein guter Fächer. Sofia hatte keine Ahnung, seit wann sie sich in dem Fach befanden und wer sie dort hineingelegt hatte, doch sie fing an, in dem kleinen Buch zu lesen, ohne dass es ihr so recht bewusst wurde.

Als Tyron die Wagentür öffnete, war Sofia so in die Lektüre vertieft, dass sie erschrak.

»Entschuldigung. Störe ich Sie?«

Sofia antwortete nicht, sondern setzte sich nur eilig die Sonnenbrille auf, um den Tränenschleier der Rührung zu verbergen. Sie legte das Buch auf das Armaturenbrett und ließ den Motor an. Während sie zurücksetzte, nahm Tyron das Buch zur Hand.

»Mögen Sie Prévert?«

Sofia blickte geradeaus auf die Straße und fragte provokant: »Wieso, kennen Sie ihn?«

»Nicht persönlich.«

Sie sah ihn einen Augenblick mit einem unverhohlenen Lächeln an und fand ihn plötzlich sympathisch.

»Magst du Gedichte?«, fragte sie, ohne zu merken, dass sie ihn geduzt hatte. Er tat das Gleiche.

»Überrascht dich das? Ich bin schließlich auch Künstler.«

»Ach tatsächlich, das ist mir noch gar nicht aufgefallen.«

Tyron zog ein Buch aus seiner Tasche, das schon ziemlich abgegriffen aussah; es war in dunkles Leder gebunden, und der Titel war in Gold geprägt.

»Das ist mein Lieblingsdichter, García Lorca.«

»Ein leidenschaftlicher Dichter«, bemerkte Sofia.

Tyron genoss den Geruch des im Laufe der Jahre abgewetzten Leders. Einen Moment lang schloss er die Augen. Wie schön und zugleich traurig die Erinnerungen waren.

»Mir hat ihn ein Professor an der Universität nahegebracht.«

In diesem Augenblick erinnerte sich Sofia, wie sie die letzten fünf Stunden verbracht hatte, und da sie ihm dies auf keinen Fall durchgehen lassen wollte, wurde sie ernst.

»Sind wir jetzt fertig mit unserer Tour oder wollen Sie noch mal anhalten?«

»Nein, ich glaube, es reicht. Ich habe alles, um anfangen zu können. Haben wir nicht du gesagt?«

Sie blickte wieder auf die Straße und gab sich Mühe, ein freundliches Gesicht zu machen.

»Ich war einen Moment zerstreut, weil ich an die Gedichte dachte. Aber ich werde nie vergessen, dass ich den ganzen Vormittag in dieser Hitze auf Sie warten musste.«

Da erst merkte Tyron, dass er keinen Augenblick daran gedacht hatte, was er ihr zumutete, und sich noch nicht einmal bedankt hatte.

»Darf ich dich zum Mittagessen einladen und auf diese Weise um Verzeihung bitten?«

Sofia war so überrascht, dass sie etwas vor sich hin murmelte, aber Tyron, der ihr Unbehagen spürte, versuchte ihr zu helfen, die Einladung anzunehmen.

»Vielleicht gibt es hier in der Nähe einen hübschen Ort, an dem man etwas zu essen bekommt. Ich weiß nicht, wie es dir geht, aber ich sterbe vor Hunger.«

Es war gewagt, aber im Grunde, dachte Tyron, war menschliche Gesellschaft an einem Tisch mit einem schönen Teller Pasta und vielleicht einem Glas Wein doch eine angenehme Sache.

»Mal sehen, hier in der Nähe ist der Lago di Chiusi. Wir waren dort oft mit meinen Eltern, als wir Kinder waren, und wenn ich mich recht erinnere, gibt es am Ufer ein Restaurant. Was halten Sie davon?«

»Das scheint mir genau das Richtige zu sein.«

An der kleinen hölzernen Anlegestelle lagen einige Boote, die auf dem leise ans Ufer schwappenden Wasser schaukelten. Am Eingang des Restaurants stand ein Pfau in einem Gehege, der seine Liebste zu beeindrucken suchte, indem er immer wieder seine Federpracht mit den hundert Augen ausbreitete.

Sie wirkte gleichgültig, aber vielleicht tat sie auch nur so. Als sie sich an einen Tisch auf der Veranda setzten, von der aus man einen wunderbaren Blick auf den See hatte, begann es leicht zu regnen.

»Unglaublich, vor kurzem noch kein Wölkchen am Himmel und jetzt das!«

»So fröhlich habe ich dich noch nie gesehen. Magst du Regen?«

»Nein. Ich mag es gern, wenn das Wetter sich ändert. Dann ist es, als bestünde der Tag aus mehreren Tagen, ich weiß nicht, ob ich mich richtig ausdrücke, es ist wie bei den russischen Holzpuppen.«

»Den Matrjoschkas?«

»Ja, verstehst du, was ich meine?«

»Nicht so ganz, macht aber nichts. Jetzt habe ich übrigens auch einen Bärenhunger. Am besten, wir bestellen mal.«

»Was für ein Zufall, dass ich wieder an einem See bin«, sagte er nach langem Schweigen.

»Wieso?«

»Ich habe fast das ganze letzte Jahr in Minnesota verbracht. Weißt du, wie man Minnesota nennt?«

»Nein, wie?«

»Das Land der zehntausend Seen.«

Sofia riss erstaunt die Augen auf. »Tut mir leid«, sagte sie. »Wenn ich das gewusst hätte, wären wir woandershin gefahren. Für uns sind Seen etwas Besonderes, aber du kannst dich vor ihnen offenbar kaum retten.«

»Wieso? Ich mochte Minnesota gern. Dort leben nur wenige Menschen, genau das Richtige für jemanden, der allein sein will«, erwiderte er mit einem leichten Anflug von Melancholie.

Sofia bekam ein schlechtes Gewissen, dass sie ihm die Stimmung verdorben hatte, und versuchte, ihn von seinen trüben Gedanken abzulenken.

»Sind es wirklich zehntausend?«

»Ich habe sie ehrlich gesagt nie gezählt, aber alle Erdkunde-Bücher behaupten es.«

Als der Kellner den Hauptgang serviert hatte, einen wohlschmeckenden, saftigen Braten, hörte der Regen auf und über der sanften Wasserfläche tauchte ein Regenbogen auf.

Sofia wies mit der Gabel auf Tyron.

»Hast du wirklich Prince kennengelernt?«

Er grinste wohlwollend.

»Surfst du gern im Internet?«

Sofia senkte verlegen den Blick.

»Ich nicht, aber meine Freundin Giulia. Sie hat mir deine Website gezeigt.«

Tyron amüsierte es, dass sie vor Verlegenheit rot geworden war. »Das behaupten alle. Aber wenn du es wirklich wissen willst. Ja, ich habe ihn kennengelernt.«

»Und wie war er?«

»Was soll ich sagen? Vielleicht sagt es etwas aus, dass er für das Porträt sieben Tage gesessen, mir aber nur beim ersten Mal guten Tag gesagt hat und dann erst wieder, als ich ihm das fertige Bild brachte.«

Sofia lächelte bei dem Gedanken, dass Tyron jemandem begegnet war, der genauso abweisend war wie er.

»Das ist aber schon lange her. Warum interessierst du dich für Prince? Gefällt er dir etwa?«

Diese Frage war ihr unangenehm.

»Eigentlich nicht, ich fand ihn nicht mal besonders sympathisch. Ich kannte aber jemanden, der auf Prince stand. Deshalb hat er mich beeindruckt.«

Tyron sah sie an, hin und her gerissen zwischen dem Wunsch, mehr zu erfahren, und der Angst vor allzu großer Vertraulichkeit.

»Du kanntest jemanden? Und was ist dann passiert?«

»Was genau passiert ist, kann ich gar nicht sagen. Wir haben uns aber voneinander entfernt.«

Sofia konnte sich nicht erklären, warum sie dies einem Mann, den sie kaum kannte und bis vor kurzem gar nicht gemocht hatte, anvertraute. Sie hatte jedoch das Bedürfnis, sich zu öffnen. Es war ja nicht dasselbe, erlebte Dinge mit der besten Freundin, die alles über einen wusste, zu teilen oder sie einem Fremden zu erzählen, der einen nicht wirklich kannte und einen leicht falsch einschätzen konnte.

Mit einem Unbekannten, dachte Sofia, kann man sich ans Allgemeine halten, mit allen Vor- und Nachteilen, die das zufällig mit sich bringt. Ihr war klar, dass sie sich auf vermintes Gelände begeben hatte, doch nun gab es kein Zurück mehr. »Wir haben eine Zeit lang in Florenz zusammengelebt. Dann …« Schließlich siegte die Angst. »Dann lief es nicht mehr gut. Das Schicksal hat es nicht gewollt.«

Sofia beendete den Satz mit einem tiefen Seufzer. Tyron beobachtete sie schweigend; er spürte, dass diese Geschichte noch eine offene Wunde für sie war.

»Es tut mir leid, ich wollte nicht indiskret sein. Entschuldige bitte.«

»Macht nichts, keine Sorge.«

Sie aßen weiter und wechselten flüchtige Blicke. Einerseits war Sofia ihm dankbar für sein Feingefühl, andererseits war sie enttäuscht, dass er nicht weiter nachgefragt hatte. Als sie gerade mit dem Dessert fertig waren, fragte sie ihn etwas, das sie schon eine ganze Weile beschäftigte:

»Wer ist die Frau, die du von hinten malst?«

Sofia bereute die Frage sofort. Tyrons Blick schweifte in die Ferne, und er schwieg, eisern.

»Es tut mir furchtbar leid, ich hätte dich das nicht fragen sollen. Wie dumm von mir.«

»Ist schon gut, kein Problem.«

Nach ein paar Minuten und einem guten Kaffee kehrte nach außen hin Ruhe ein, doch beide hatten tief im Herzen das Gefühl, dass sich die gute Atmosphäre, die gerade erst zwischen ihnen entstanden war, ein wenig trübte.

Auf dem Nachhauseweg brach keiner von ihnen das Schweigen. Sie waren nur noch wenige Kilometer von Cetona entfernt, als Sofia unerwartet in einen Feldweg einbog.

»Was machst du denn?«, fragte Tyron, der durch ihr Manöver unvermittelt in die Wirklichkeit zurückgeholt wurde.

»So geht es schneller. Es ist eine Abkürzung, die nur die Leute von hier kennen. Vertrau mir.«

Sie fuhren an einigen Weinbergen vorbei. Tyron sah durchs Fenster voller Bewunderung, was sich hier alles anbauen ließ. Als dann vor seinen Augen ein riesiges Sonnenblumenfeld auftauchte, drehte er buchstäblich durch. »Bitte anhalten. Stopp, stopp!«, rief er aus.

Er öffnete die Beifahrertür, während das Auto noch rollte, und sprang hinaus und rannte los. Dann wandte er sich zu ihr um, ging rückwärts weiter, breitete die Arme aus und rief: »Ist das nicht wunderbar? Ich habe immer davon geträumt, durch ein Sonnenblumenfeld zu laufen. Los, komm!«

Tyron hatte den Zaun erreicht, der das Feld umgab.

»Komm zurück«, rief Sofia. »Das ist privat. Der Gutsbesitzer könnte auftauchen. Hier sind sie bei so was nicht gerade zimperlich.«

Es war nichts zu machen, Tyron sah sie an wie ein ungehorsames Kind, sprang über den Zaun und verschwand zwischen den Blumen. Sofia hatte keine andere Wahl, als ihm zu folgen, um ihn zum Auto zurückzubringen, bevor es zu spät war.

Sie bahnte sich einen Weg durch die riesigen Sonnenblumen, die größer waren als sie, rief dauernd nach ihm, doch sie hörte nur das leise Wehen des Windes und das Zirpen der Zikaden. Da er nicht antwortete, verlor sie die Orientierung. Sie dachte schon, dass Tyron sich irgendwo in ihrem Rücken versteckte. Gerade wollte sie zum Auto zurückkehren und den Maler seinem Schicksal überlassen, da brach eine raue, wütende Stimme die Stille:

»Wer ist da? Verlassen Sie so fort mein Feld! Kommen Sie raus!«

Genau das hatte sie befürchtet. Die Rufe des Gutsbesitzers wurden drohender. Sofia sah sich verwirrt um und hoffte, Tyron eher zu sehen als den Bauern.

»Wenn Sie nicht sofort herauskommen, hole ich Sie raus, und das wird wehtun!«

Sofia wollte sich schon ergeben, als sie einen Arm spürte, der sie nach unten zog. Dann lag Tyron neben ihr und gab ihr ein Zeichen, still zu sein. So blieben sie dicht nebeneinander liegen, flach atmend und mit Angst im Herzen. Sie hörten den Besitzer nur wenige Meter entfernt übel fluchen. Dann gewann das Flüstern der Natur wieder die Oberhand über alle anderen Geräusche.

Sie sahen sich in die Augen. Das war seltsam aus so großer Nähe. Wenn zwei Menschen einander so nahe sind, können sie nicht anders, als sich gegenseitig zu hören, ihren Atem, ihren Geruch und ihre sinnliche Ausstrahlung wahrzunehmen. Dieser unerwartete Moment stiller Komplizenschaft kam für beide überraschend.

Sofia versuchte zu lachen und so zu tun, als sei ihr das alles egal.

»Meinst du, er kommt mit seinen Hunden wieder?«, flüsterte sie.

»Nein, aber er ist alarmiert. Wir müssen noch eine Weile liegen bleiben.«

Es war wie ein Taumel. Die Aufregung der Flucht, der Himmel über ihnen und der Geruch der frischen feuchten Erde machten die wenigen Zentimeter zwischen ihnen unerträglich. Alles drehte sich, nicht nur die großen Blumen. Sich so zu hassen und dann auf einmal reglos dicht nebeneinander in einem Feld zu liegen. Tyrons bisheriges Verhalten, die Gespräche, die Wortgefechte, das alles war mit einem Mal völlig unwichtig. Was war das? Die Situation war völlig absurd. Aber Sofia fühlte sich wohl, es war ein etwas beängstigendes Wohlbehagen, das nach mehr verlangte. Eine Weile blieb es unausgesprochen; trotz der Gewissheit, dass ihnen beiden Schauer durch den Körper jagten, war nicht klar, ob es sich nicht bloß um Faszination handelte.

Dann aber begann er, sie auf den Hals zu küssen und ihre nackten Beine unter dem Kleid zu streicheln. Es war ihr unmöglich, sich gegen diesen sanften, unerwarteten, widersprüchlichen und doch unausweichlichen Annäherungsversuch zu wehren. Sofia hob die Arme und ließ sie zwischen die dicken Stiele der Sonnenblumen sinken. Tyron erkundete ihren Körper weiter Zentimeter um Zentimeter.

Sofia unterdrückte das Bedürfnis, sich zu bewegen. Es gefiel ihr zu sehr, die Umarmung dieses Mannes zu spüren. Für einen langen Moment verschwamm alles um sie herum und warnur noch ihr Blick klar. Die anderen Sinne legten eine Pause ein, in der die Energien sich vervielfachten. Dann näherte sie sich seinem Mund und küsste ihn lange. Mit den Fingern begann sie, seine Hemdknöpfe zu öffnen, und strich ihm mit zitternder Hand über die Brust.

Fragen und Zweifel stellten sich nicht mehr. Sie brauchten sich nur zu lieben. So schnell wie möglich, so stark wie möglich. Eine Sekunde lang lächelte Sofia und wurde rot, als sie daran dachte, dass der Bauer mit dem Hund zurückkommen könnte. Aber etwas sagte ihr, dass die Leidenschaft alle Unbill abwehren würde. Ich habe auf dich gewartet, dachte sie, und dann sagte sie es laut: »Ich habe auf dich gewartet.« Tyron tauchte in sie ein. Und sie begannen sich langsam zu wiegen.

Diese Liebe
So heftig
So zerbrechlich
So zart
So verzweifelt
Diese Liebe
Schön wie der Tag
Schlecht wie das Wetter

Wenn das Wetter schlecht ist
Diese so wahre Liebe
Diese so schöne Liebe …

Sie verbrachten den Nachmittag zusammen und fuhren durch die Gegend. Sie hatten zu große Angst, sich zu trennen, und waren doch zu verwirrt, um über das Geschehene zu sprechen. Sie besuchten andere Örtlichkeiten in der Umgebung von Cetona. Alles war schön und melancholisch. Sofia fühlte sich unsicher auf den Beinen und nahm alles wahr, als sei es in weiche Watte gepackt. Es war zu spät für Zweifel und zu früh für Klagen: Es war Niemandsland.

Als sie das Dorf wieder erreicht hatten, stiegen sie aus dem Wagen. Der frische Abendwind kündigte das Ende dieses ereignisreichen Tages an. Hinter dem Monte Cetona ging die Sonne unter und tauchte die Häuser in ein sanftes Rot. Sie verabschiedeten sich voneinander, verlegen und verwirrt, und jeder ging in seine Richtung davon.

Sofia verbrachte die Nacht zwischen Schlummern und Wachen und konnte erst gegen Morgen richtig einschlafen. Als sie später erwachte, glaubte sie, alles nur geträumt zu haben. Dann sah sie auf dem Tisch in der Mitte des Zimmers eine prachtvolle Sonnenblume in einer großen blauen Vase stehen. Ihr kamen Verse in den Sinn, und nicht zufällig stammten sie von Federico García Lorca:

Ich möchte in deinen Lippen verweilen,
um mich im Schnee
deiner Zähne auszulöschen.
Ich möchte in deiner Brust verharren,
um mich in Blut aufzulösen.

Sie dachte an den letzten Abend. An dem sie sich ohne Worte und nur mit einem verlegenen Lächeln voneinander verabschiedet hatten.

Sie stand auf, ging ins Bad und stellte sich vor den Spiegel. Ihr Gesicht sah aus wie jeden Morgen, und sie glaubte schon, es wäre gar nichts passiert, aber ihr Herz schlug schneller als sonst und gab ihr leise zu verstehen, dass nun nichts mehr sein würde wie zuvor.

DU SIEHST SCHLECHT AUS

Die Pause hatte gerade angefangen. Giulia und Sofia saßen wie immer im Garten unter der großen Eiche und beobachteten die Kinder, die umherliefen und aus vollem Halse schrien.

»Gestern war ich am Lago di Chiusi zum Mittagessen«, begann Sofia und setzte noch leise hinzu: »Mit Tyron.«

Giulia war von den Kindern abgelenkt und hörte das Letzte nicht.

»Ach, das ist ja schön, freut mich für dich. Wie war es denn? Ich war seit Jahren nicht mehr da. Warte einen Moment. Aber mit wem warst du denn dort? Deine Eltern waren doch gar nicht da?«

Sofia sah sie aus dem Augenwinkel an und sagte deutlicher: »Mit Tyron.«

»Willst du sagen, mit *dem* Tyron? Der Maler? Dieser verachtenswerte und ungebildete Kerl?«

»Ja, genau der.«

»Ging es dir nicht gut? Hast du unter Drogen gestanden? Haben sie dich gezwungen?«, bedrängte die Freundin sie.

Sofia fasste sie am Arm und sagte in einem Wortschwall: »Nein, ich bin mehr oder weniger aus eigenen Stücken mit ihm gefahren, und um es gleich zu sagen: Ich habe auch mit ihm geschlafen.«

Da stand Giulia abrupt auf und rief: »Hör sofort damit auf! Sonst passiert noch was.«

»Meinst du wirklich?«, fragte Sofia lachend.

»Entschuldige, Carlino schlägt in letzter Zeit dauernd zu. Du hingegen machst ja vielleicht Witze«, sagte sie zu Sofia und setzte sich wieder neben sie. Sie grinste sie verschmitzt an und verdrehte die Augen. »Reden wir wieder von uns. Du machst Spaß. Oder? Ich muss es wissen, wenn du bald heiratest. Und wenn die Hochzeit in Australien stattfindet, muss ich anfangen zu sparen wegen der weiten Reise. Ich werde doch sicher deine Brautjungfer, oder? Also, erzähl schon, oder soll ich allein weiterreden, um das Schweigen zu überbrücken?

Wie war es? Sag mir alles, oder wenigstens etwas.«

Sofia klopfte ihr leicht an die Wange.

»Du hast ja eine blühende Phantasie! Eine Reise nach Australien kommt gar nicht in Frage und eine Hochzeit noch viel weniger. Ich habe gestern nur begriffen, dass er viel besser ist als ich dachte. Sonst nichts. Man sieht aus tausend Metern Entfernung, dass er jemand ist, der nur an sich denkt. Er reist ja außerdem dauernd durch die Welt, er ist reich und berühmt. Er ist ein Künstler und liebt nur seine Kunst. Er liebt die Frauen nicht. Er interessiert sich nicht für uns. Ich weiß nicht, was über mich gekommen ist, du kennst mich und weißt, wie ich bin, aber es lief alles so selbstverständlich ab. Als ob es hätte passieren müssen. Ich ahnte es nicht, aber irgendwie war es wohl vorherbestimmt.«

Sofia schwieg, weil eine kleine Schülerin zu ihr kam, um sich den Schuh zubinden zu lassen.

»Eines Tages mache ich mit euch eine ganze Unterrichtsstunde nur übers Schleifenbinden. Und jetzt geh wieder spielen und pass auf, dass du dir nicht wehtust.«

Das Mädchen sagte danke und lief davon.

»Sofia, dich kann man wirklich keine Minute allein lassen. So wie du redest, steckst du bis über beide Ohren in der Geschichte drin. Tu bloß nicht so zurückhaltend. Du wirst es schon bald merken. Dieser Typ ist sicher ganz okay, aber das habe ich dir ja schon immer gesagt. Ich möchte bloß nicht, dass er dich unglücklich macht, jetzt wo wir es gerade geschafft haben, dass du wegen diesem Idioten von Ex-Freund nicht mehr leidest.«

Sofia seufzte tief und schaute Giulia enttäuscht an.

»Daran will ich lieber nicht denken. Weißt du, was mich nervt? Nach allem, was geschehen ist, finde ich einen, der mir gefällt, denn ich mag ihn schon. Ich habe das vorher nur nicht gemerkt, da hast du ganz recht, und ich habe mich zum ersten Mal seit langer Zeit wieder wohlgefühlt. Was soll ich machen? Mich schützen. Ich weiß, es ist nun mal so. Warum sollte ich seinetwegen leiden, auch da hast du recht; am Ende bin ich wieder allein und total fertig. Ich sollte mich nicht weiter darauf einlassen, ich darf es nicht.«

»Soll ich dir mal was sagen? Ich finde, du bist nicht gut drauf.«

»Ich weiß nicht, was mit mir geschieht, ich hatte keine Minute Zeit, zu begreifen, was los ist, und die Dinge zu verarbeiten. Heute Nacht habe ich mich im Bett herumgewälzt und hatte das Gefühl, immer noch seine Hände auf mir zu spüren.«

»Du bist wirklich ganz durcheinander.«

»Ja, vielleicht hast du recht. Ich muss die Kraft finden, mich zurückzuziehen. Dann bleibt es eine schöne Erinnerung, und damit basta. Im Grunde ist er ja bald wieder fort, und mir ist meine Zeit zu schade, immer hinter seinen Wahnvorstellungen zurückzustehen. Er ist zwar wunderbar, aber gehemmt, gestört, beeinträchtigt durch etwas, gegen das ich nichts tun kann.«

Die Schulglocke läutete, zur großen Enttäuschung der Kinder, die sich widerwillig in Zweierreihen aufstellten, um in die Klassenzimmer zurückzukehren. Giulia ging ihnen zusammen mit Sofia rasch entgegen. Sie nahm ihre Hand und drückte sie sanft.

»Dir geht es wirklich nicht gut, aber du bist schöner denn je. Wer weiß, vielleicht bist du doch die richtige Frau, um das Schicksal dieses Mannes zu verändern.«

Sofia ließ ihre Hand los und legte ihr einen Arm um die Taille, zog sie an sich und sagte ihr leise ins Ohr: «Vielleicht könnte ich es.«

Sie überraschte sich dabei, wie sie sich fragte, ob es in Tyrons Leben je eine Frau gegeben hatte, die er geliebt hatte, die sein Garten gewesen war, seine Lust, im Freien zu malen, die kühle Sommerluft, der frische Herbstwind, der kalte Schauer des Winters, die milde Lauheit des Frühlings auf der Hand, die den Pinsel hielt, auf seinem Gesicht, während er auf der Palette die Farben aussuchte, mit denen das Wetter nie grau oder nur schwarz und weiß war. Das Haus, in das er sich retten konnte, wenn es regnete oder heiß war, wenn er traurig war oder glücklich, wenn er lächelte oder weinte; in dem er heiterer Stimmung war und gerne alt geworden wäre.

Sofia stand gerade am Eingang ihres Klassenzimmers und trat zur Seite, damit die Kinder hineinkonnten, als die Stimme der Freundin sie in die Wirklichkeit zurückrief.

»Sofia, eins möchte ich noch wissen.«

»Was denn?«

»Gefällt er dir?«

Sofia blickte zum Himmel hoch und schüttelte den Kopf. Dann lachte sie und antwortete mit einer Gegenfrage. »Wer?«

»Schon gut, du hast gewonnen«, sagte Giulia lachend.

Sofia winkte ihr zu und folgte den Kindern ins Klassenzimmer.

DER CLOWN

Die Tage vergingen. Tyron befand sich im Schaffensrausch, schloss sich in seiner Wohnung ein und rang mit der Leinwand und den Farben. Was mit ihm geschah, war überhaupt nicht logisch. Je stärker er spürte, dass seine Gefühle mit ihm durchgingen, desto mehr Energie hatte er für seine Arbeit.

Es war ihm nicht gelungen zu vergessen, was er mit Sofia erlebt hatte. In den Stunden nach ihrer Begegnung hatte er an nichts anderes denken können. Er spürte ihre Gegenwart, als befinde sie sich direkt neben ihm.

Am Montagmorgen stellte er sich gleich nach dem Aufstehen vor die Staffelei und hätte sie am liebsten porträtiert: Etwas in ihm drängte danach, ihr Bild für immer festzuhalten, ihre aufgeblühte Schönheit für immer auf die Leinwand zu bannen. Dann aber gewann die Angst die Oberhand. Seit wie viel Jahren vermied er es, jemanden von vorn zu malen? Es war gefährlich, sich einem Blick, einem Gesicht, einem Mund auszusetzen, sich für Stunden in einen einzigen Menschen zu vertiefen. Nein. Das konnte er nicht. Er konnte es sich nicht leisten, davon abzugehen, es sich nicht erlauben, zu lieben und zu leiden.

Er nahm die Landschaftsskizzen vom Vortag, wählte eine aus und fing ohne Zögern zu arbeiten an.

Die Tage begannen sich über die Stunden zu legen und das Unbewusste verschwamm mit der Wirklichkeit. Er aß, was sich gerade anbot, sobald er Hunger hatte, und er schlief nur, wenn er allzu müde war. Er rasierte sich nicht und achtete nicht darauf, was er anzog. Wenn er an einem Spiegel vorbeikam, sah er sein Gesicht voller Farbe, bunt wie eine Palette. Er sah aus wie ein Indianer auf dem Kriegspfad oder ein Clown, der sein Gesicht mit gezwungenem Lächeln betrachtete und Grimassen zog. Wenn er sich unter die Dusche stellte, um seinem Gehirn ein paar Minuten Ruhe zu gönnen, sah er, wie das Wasser an seinem Körper herunterlief und die Farben auflöste, die überall an ihm klebten. Dabei dachte er ständig an Sofia, auch jetzt, da er auf seine Hände blickte und sich die ihren vorstellte.

Bei Sofia war es leicht gewesen, sich fallen zu lassen, so leicht, dass einem schon fast angst werden konnte. Deshalb war er ihr seit jenem Tag aus dem Weg gegangen und hatte sich in seiner Wohnung eingeschlossen, mit der Ausrede, dass er zu arbeiten habe. Natürlich konnte er sich nicht ewig verstecken. Er musste sich ihr stellen, schon um ihr Respekt zu zeigen und ihr nicht das Gefühl zu geben, er habe sie ausgenutzt oder so. Es war schwierig. Er spürte genau, dass er sie nicht einfach aus seinem Leben verbannen konnte (oder *wollte?*), wie er es sonst mit allen Menschen zu tun pflegte. Er hätte sie gern sanft von sich ferngehalten, ihr zu verstehen gegeben, dass sie ihm etwas bedeutete und er sie unter anderen Umständen vielleicht sogar geliebt hätte, doch jetzt sei das nicht möglich. Es war wichtig für ihn, sich nicht zu sehr auf all dies einzulassen. Hoffentlich war es nicht schon zu spät … *Ich werde so schnell wie möglich von hier weggehen und wieder die Kontrolle über meine Gefühle gewinnen. Nächstes Mal werde ich besser aufpassen.*

Er hüllte sich in ein großes weißes Handtuch und ging zurück ins Wohnzimmer. Er zwang sich, nicht gleich weiterzuarbeiten. Der Tag neigte sich dem Ende zu und er brauchte eine Pause.

Mit größter Vorsicht nahm er das gerade fertiggestellte Bild von der Staffelei. Als er es vorsichtig an die Wand lehnte, fiel ihm die Figur der von hinten gemalten Frau ins Auge. Er kniete sich vor ihr hin, und während er mit der Hand über die Leinwand strich, hörte er von der Straße her eine durch Lautsprecher verstärkte Stimme.

Er stand auf und trat ans Fenster. Ein Auto fuhr langsam die Straße hinauf und aus den Lautsprechern dröhnte es: »Sehr verehrte Damen und Herren, die Gemeinde von Cetona lädt Sie herzlich zum Dorffest ein. Kommen Sie alle zum Sportplatz. Es gibt Musik, Unterhaltung und Tanz. Wir warten auf Sie, meine Damen und Herren …«

Er dachte, Sofia würde sicher hingehen, in ihrem schönsten Kleid und mit einem strahlenden Lächeln (einem richtigen Lächeln, nicht so einem wie dem von Tyron dem Clown).

Sollte er sie vielleicht einladen? Nein, das wäre absurd. Seit Jahren war er mit keiner Frau mehr ausgegangen, und jetzt, in seinem alten weißen Badetuch, war er verunsichert. Er zog seine üblichen Jeans und das weiße Leinenhemd an.

Er setzte sich auf die Stufe, die vom Wohnzimmer in die Diele führte, und bemühte sich, seine Gedanken zu ordnen. Er war immer überzeugt gewesen, dass es die beste Lösung sei, sich vom Rest der Welt fernzuhalten, weil er daraus seine Kraft schöpfte. Doch nun wurde ihm klar, dass der Rückzug in sich selbst in diesem Haus ihm eher die Kraft geraubt hatte.

Durch das Fenster drang ein Luftzug herein, den er im Rücken spürte. Er drehte sich um und sah das an der Wand lehnende Bild. Er sah sie von hinten, zu lange schon. Ein Schweißtropfen oder vielleicht eine Träne rann über seine Wange und erreichte die Lippen. Sie hatte den bitteren Geschmack der Niederlage. Tyron stand auf, ballte herausfordernd die Faust und verließ die Wohnung. Als er die Tür schloss, bemerkte er nicht, dass das Bild umgefallen war.

Nur ein Wunder verhinderte, dass sie nicht vor ihrer Tür zusammenstießen. Sie trug eine rote Bluse aus Organza, die ihre leichte Bräune betonte. Ein langer fließender und luftiger Rock aus hauchdünnem, aber undurchsichtigem Stoff bedeckte ihre Beine. Ihr offenes Haar fiel ihr auf die Schultern, und ihr leichtes Make-up machte sie noch schöner als sonst.

Tyron hatte seit Tagen mit niemandem gesprochen und war so verwirrt, dass er kein Wort herausbrachte.

DAS EIS WIRKT

»Oh, was machst du denn hier?«, fragte sie.

»Ich … ich wollte gerade ausgehen.«

Sofia runzelte die Stirn. »Aber der Ausgang ist doch auf der anderen Seite!«

Tyron errötete.

Sofia freute sich einen Moment über seine Verlegenheit, dann kam sie ihm zur Hilfe: »Suchst du vielleicht jemanden oder etwas?«

»Nein, eigentlich nicht. Gehst du ins Dorf?«

»Ich gehe zu dem Fest auf dem Sportplatz. Es wird nicht viel anders sein als im letzten Jahr oder im Jahr davor, dafür ist es genauso wie vor drei Jahren. Auch vor vier Jahren war es schon so …«

»Ich verstehe, ich verstehe«, sagte Tyron und hob ergeben die Hände.

»Versuch nicht, vom Thema abzulenken, du hast noch nicht auf meine Frage geantwortet: Wie bist du vor meine Tür gekommen?«

«Mir ist der Zucker ausgegangen.«

Sofia lachte.

»Die Ausrede mit dem Zucker habe ich seit Jahren nicht gehört.«

Tyron räusperte sich.

»Also gut. Ich wollte mal beim Dorffest vorbeischauen, aber allein habe ich mich nicht so richtig getraut, und da …« Tyron sprach nicht weiter und hoffte, ihm bliebe die Erklärung erspart. Sofia aber genügte das nicht.

»Und da?«

»Und da bin ich.«

»Wollten Sie mich vielleicht auf das Fest begleiten, Signor Lane?«, fragte sie ihn.

»Ja, mehr oder weniger. »Ist das ein Angebot?«

Sie tat, als überlege sie, und sah ihn dann ernst an.

»Ich finde diese Frage ein bisschen unverschämt. Ich frage mich, wie du es wagen kannst …«

Tyron riss verblüfft den Mund auf, doch Sofia half ihm aus der Patsche, bevor ihm etwas Passendes einfiel, und vollendete den Satz »… so lange damit zu warten. Ist dir klar, dass du mich vielleicht gar nicht mehr zu Hause angetroffen hättest? Also gut, ich komme mit. Aber glaub ja nicht, dass wir heute Abend schon wieder in einem Sonnenblumenfeld landen … Ich bin nicht so eine. Sonntag war eine … besondere Situation.«

Mit diesen Worten versuchte sie vor allem, sich selbst zu überzeugen, doch eine innere Stimme sagte ihr, dass dies alles Unsinn war.

Tyron sah sie an und sprach dann den einzigen Satz aus, den sie nicht hören wollte:

»Du hast recht, wahrscheinlich war es falsch, sich zu lieben … Werden wir wieder Freunde wie vorher?«

Sofia spürte einen Stich im Magen, doch sie gab ihm die Hand und sagte mit leiser Stimme wenig überzeugt: »Okay, aber vielleicht ein bisschen bessere als früher.«

Sie kamen an der Kirche San Michele Arcangelo vorbei, überquerten die Piazza und bogen in die Straße ein, die zum Sportplatz führte.

Je näher sie kamen, desto lauter wurde die Musik.

Als sie schon fast am Sportplatz waren, blieb Tyron plötzlich stehen. Der Anblick der vielen Menschen, die sich zwischen Bänken und Tischen, dem Buffet und der

Tanzfläche tummelten, versetzte ihn in Panik. Er wich einen Schritt zurück. Sofia sah erst zu der lauten Menge hin und dann wieder zu ihm. Wie hatte sie nur glauben können, dass es ihm in diesem Getümmel gefallen würde? Er war an Einsamkeit gewöhnt, an Stille und brauchte keine Menschenseele, wenn es nicht gerade um Aufträge für Bilder ging.

Sie war wütend auf sich selbst und schüttelte den Kopf. Im Grunde freute sie sich aber auch ein wenig, denn heute Abend zeigte sich ein ihr noch unbekannter Tyron. Einer, der vielleicht seine Dämonen nicht besiegte, aber bereit war, sich ihnen zu stellen. Das war doch schon ein guter Schritt nach vorn. Für den Bruchteil einer Sekunde schloss sie die Augen, und dies genügte, dieses kleine, aber wahre Glück zu genießen. Als sie die Augen wieder aufschlug, wusste sie genau, was sie zu tun hatte.

»Sollen wir gehen?«

Tyron antwortete nicht, aber er trat zu ihr und bot ihr seinen Arm. Sofia nahm ihn und zusammen liefen sie zum Dorf zurück.

»Danke, Sofia. Verzeih, aber manchmal weiß ich nicht, was mit mir los ist.«

»Du brauchst dich nicht zu bedanken und schon gar nicht zu entschuldigen. Ich hätte mir denken können, dass du so ein Gedränge nicht magst. Und ich habe dir ja schon gesagt, es ist immer dasselbe hier. Wir verpassen wirklich überhaupt nichts.«

»Machst du Witze? Ich habe ein schlechtes Gewissen! Meinetwegen können die Leute aus dem Dorf sich heute Abend nicht an deiner Schönheit erfreuen.«

»Weißt du was, Schmeicheleien ziehen bei mir nicht.«

»Und was zieht bei dir?«

»Eis. Das funktioniert besser als alles andere.«

Sie aßen ihr Eis an einem Tischchen vor der Bar und genossen es, dass alle Klatschtanten und alten Jungfern aus dem Dorf auf dem Fest waren.

»In Sydney gibt es ein Lokal, das *Caruso Café* heißt, deren Eis ist genauso gut wie das hier.«

Sofia spielte mit dem Löffel in dem inzwischen leeren Eisbecher herum. Sie blickte zu Tyron auf und er sah sie an.

»Fehlt dir manchmal dein Haus in Australien?«

»Ich habe dort kein Haus mehr. Ich habe es vor langer Zeit verkauft. Ich bin durch Amerika und Europa gezogen und habe gemalt und habe nichts, das man Haus oder Wohnung nennen könnte.«

Sofia spürte, dass dies kein gutes Thema war, und redete von etwas anderem.

»Wie viele Frauen hast du erobert, während du durch die Welt gezogen bist, der faszinierende Maler mit der geheimnisvollen Narbe. Wo hast du die überhaupt her?«

Tyron wurde blass, wandte sich um und antwortete ausweichend.

»Ich bin von der Leiter gefallen, als ich ein Bild aufhängen wollte. Ich bin durchs Fenster gefallen und im Garten gelandet. Zum Glück war ich im Erdgeschoss, sonst wäre es schlimmer ausgegangen.«

Er beendete den Satz und sah sie wieder an, mit einem höflichen Lächeln. Er hätte ihr gern verraten, wie er sich sein Gesicht wirklich so verunstaltet hatte, doch er war nicht bereit dazu und würde es vielleicht auch nie sein.

Sofia war verärgert und biss sich auf die Zunge. Unglaublich, wie sie es immer wieder schaffte, Dinge zu sagen, die ihn nur noch weiter von ihr entfernten.

»Es tut mir leid, aber ich bin wirklich ein Trampeltier, was Gespräche anbelangt. Immer stelle ich die falschen Fragen.«

»Keine Sorge, es ist meine Schuld. Aber mit dem Haus, das stimmt schon. Es war ein Holzhaus an einem Fluss. Meine Eltern hatten es kurz nach ihrer Hochzeit gekauft. Offenbar wohnte dort vorher ein Ureinwohner, der Neffe eines berühmten Häuptlings.«

Sofia war erleichtert, dass er endlich von früher sprach, ohne gleich in melancholische Starre zu verfallen.

»Interessant! Waren in der Veranda Skalps aufgehängt?«

Tyron klopfte ihr leicht auf den Handrücken.

»Sehr witzig! Eigentlich nehmen die Indianer in Amerika Skalps. Wenn du es genau wissen willst, wir tanzen höchstens in Mondnächten nackt um ein Feuer, um Regen zu beschwören.«

»Wirklich?«

»Klar. Meine Eltern haben ein Krokodil geopfert, um dann mit der Haut Taschen für die Frauen aus der Nachbarschaft zu nähen.«

Sofia verbarg ihr Gesicht hinter einer Hand.

»Du bist wirklich ein Idiot!«

Tryron lachte. Lange und frei heraus. Dann wurde er wieder ernst, als bereue er, dass er sich so hatte gehen lassen. Sofia sah ihn zärtlich an.

»Es stört niemanden, wenn du ab und zu lachst.«

Er verdrehte die Augen.

»Ja, vielleicht hast du recht.«

Sofia konnte seinen Blick nicht ertragen und stand auf.

»Da Lachen gut für deine Gesundheit ist, lädst du mich morgen wieder zum Eis ein?«

»Wann immer du willst.«

Gemeinsam gingen sie zum Rivellino, hinter dem der Weg hoch zur Burg begann, wie zwei Gespenster, die nur schwach von den Sternen beleuchtet wurden. Vor dem Eingang des Heimatmuseums blieben sie stehen.

»Warst du schon mal drin?«

»Nein, ich hatte noch keine Zeit.«

»Dann zeige ich es dir bald mal. Ich habe noch etwas gut bei Sara, der Direktorin. So könnte ich ausnahmsweise eine Privatführung für dich bekommen.«

»Sehr gut, warum nicht.«

Sie gingen weiter bis zur spärlich erleuchteten Piazza della Collegiata mit der wunderschönen Dreifaltigkeits-Kirche.

»Weißt du, dass in dieser Kirche ein Madonnenfresko ist, das Pinturicchio zugeschrieben wird? Schade, dass sie jetzt geschlossen ist.«

»Ich sehe es mir morgen früh an. Es ist unglaublich, dieses Dorf scheint ein einziges Geschichtsbuch zu sein.«

Sofia wies mit der Hand zur Terrasse des Gardekorps, die sie von oben überragte.

»Warst du schon dort oben?«

»Ist das die Terrasse beim Felsen?«

»Ja, genau.«

»Natürlich war ich dort schon. Gleich am Tag nach meiner Ankunft. Ich habe das Panorama von dort gemalt.«

Sofia ging ein paar Schritte weiter.

»Komm hierher!«

Tyron lief schneller, um sie einzuholen.

»Wo führst du mich jetzt hin?«

»Es fängt an, dir Spaß zu machen, nicht?«

Sie blickte verstohlen dem Mann neben ihr ins Gesicht. Es hatte sich verändert, seit sie es zum ersten Mal gesehen hatte.

Ach ja, das erste Mal. Sie lachte innerlich bei dem Gedanken an diese Begegnung, als er ihr den Geldschein hingehalten hatte. *Und wenn es zutraf, dass wer hasste, eigentlich liebte?*

»Ich zeige dir den Lago di Cetona.«

»Einen See?«

»Es ist ein magischer See. Man kann ihn nur nachts sehen, aber dazu muss der Himmel völlig klar sein.«

Tyrons Miene verriet, dass er ihr das nicht ganz glaubte. Doch dann lächelte er.

»Wir müssen hinauf auf den Gipfel des Felsens. Von da kann man ihn sehr gut betrachten.«

»Okay, gehen wir! Ich sterbe vor Neugier, ihn endlich zu sehen.«

Sie stiegen zur Burg hinauf und betraten den Innenhof eines kleinen Hauses aus Ziegelsteinen. Sofia trat an ein kleines Fenster, wandte sich um und gab ihm ein Zeichen, zu schweigen, dann sah sie sich vorsichtig um und stieß mit der Hand einen Flügel auf.

»Es ist offen, los, gehen wir rein!«

Tyron sah fassungslos zu, wie Sofia geschickt hochkletterte, ins Innere sprang und dann den Kopf durch die Fensteröffnung steckte.

»Was ist? Worauf wartest du? Willst du, dass sie uns erwischen?«

»Das ist, glaube ich, Hausfriedensbruch.«

Sofia blitzte ihn an.

»Los, komm schon.«

Er ließ sich das nicht zweimal sagen und sprang wie eine Katze ebenfalls in das Gebäude, in dem tiefste Dunkelheit herrschte.

Als Sofia ihm eine Hand auf den Rücken legte, fuhr er zusammen.

»Bist du wahnsinnig? Ich kriege gleich einen Herzinfarkt!«

»Entschuldigung. Ich bin ganz aufgeregt. Ich war zum letzten Mal hier, als ich noch klein war.«

»Wo sind wir überhaupt?«

Sie nahm ihn an der Hand und führte ihn durch die stickige Finsternis zu einer Treppe. Stufe um Stufe gingen sie nach oben und stützten sich dabei an der Wand ab. Auf die letzte Stufe schien schwaches Licht. Tyron entdeckte Fresken an den Wänden.

Schließlich erreichten sie ein Holztörchen. Sofia stieß es auf, und als es sich öffnete, wirbelte eine Staubwolke hoch. Es war windig, eine Böe warf sie beinahe um. Der Gedanke an den klaustrophobischen Weg bis hierher gab jedoch beiden die Energie, weiterzugehen.

Atemlos standen sie vor dem wunderbaren Schauspiel. Der Blick konnte ungehindert in alle Richtungen schweifen, es war unvorstellbar. Der Monte Cetona war so nah, dass man ihn mit einem Finger hätte berühren können. Hinter den zinnenbewehrten Mauern hielten sie sich an der Hand und atmeten im gleichen Rhythmus.

»Wir sind ganz oben auf dem Bergfried der Burg. Wie findest du es hier?«

Tyron war wie betäubt von der atemberaubenden Schönheit und musste sich am Bollwerk abstützen, um nicht umzukippen.

»Hast du schon mal vom Stendhal-Syndrom gehört? Ich kenne es, also mach dir keine Sorgen, wenn ich gleich in Ohnmacht falle.«

Sofia breitete die Arme aus und holte tief Luft.

»Riechst du sie? Die Gerüche des Tals, die vom Wind hierher getragen werden, sie sind stärker als sonst. Es ist die destillierte Essenz dieser Erde.«

Tyron folgte ihrem Beispiel, schloss die Augen und atmete tief ein.

»Du hast recht.«

Nachdem er sich einen Moment gesammelt hatte, blickte er erneut hinunter ins Tal, und da fiel ihm wieder ein, warum sie überhaupt hergekommen waren.

»Und wo ist jetzt der magische See?«

Sofia blieb völlig ruhig und deutete in die Ferne.

»Da ist er.«

Er versuchte, an der angegebenen Stelle etwas zu erkennen, doch es gelang ihm nicht.

»Wo denn? Ich sehe ihn nicht.«

»Wie ist das möglich? Siehst du nicht den Sternenhimmel, der sich im Wasser spiegelt?«

Da begriff er, und dann sah er ihn.

Das grenzenlose Grün, in der Nacht ganz dunkel, wurde hier und da von den winzigen Lichtern der Häuschen, die verstreut in der Gegend standen, erleuchtet. Die Bäume, die der Nachtwind leicht bewegte, sahen aus wie leichte Kräuselungen auf einer Wasserfläche.

Tyron lächelte. Mit einem Finger zeichnete er die Wellen nach und flüsterte: »Der See …«

Sie saßen nebeneinander auf dem Boden, den Rücken an die Mauer des Bergfrieds gelehnt, und schauten zu den Sternen hoch, von der Stille sanft gewiegt.

»Wie kommt es, dass ein so brillantes Mädchen wie du hier mitten in der Pampa lebt?«

Sofia schaute weiter zum Himmel und runzelte die Stirn, bevor sie antwortete.

»Das stimmt gar nicht. Ich bin weggegangen, und dann geschah etwas, das mich hierher zurückbrachte. Ich liebe diese Gegend, ich kann mir ein Leben anderswo nicht vorstellen. Meine Heimat würde mir, glaube ich, zu sehr fehlen.« Da sie sicher war, dass er auch die Nuancen und Widersprüche dessen, was sie sagte, verstand, fügte sie hinzu: »Vielleicht bleibe ich ja auch nur deshalb hier, weil man sich an einem solchen Ort besser vor dem Leben verstecken kann.«

Tyron streichelte sie sanft. »Ich glaube, Thomas Gray hat gesagt, dass manche Blumen im Verborgenen blühen und niemand ihren Duft genießen kann.«

Als sie nach Hause kamen, war es spät in der Nacht.

»Gute Nacht. Danke für den wunderbaren Abend. Vor allem für das Eis.«

Tyron gab ihr einen Kuss auf die Wange.

»Ich danke dir; ich habe mich seit langem nicht mehr so wohlgefühlt. Es war wirklich sehr schön …«

Sofia nickte, dann schob sie die Unterlippe vor und schaute leicht mürrisch drein.

»Was ist?«

»Nichts, nur dass ich neugierig war, dich tanzen zu sehen. Aber jetzt muss ich bis zum nächsten Fest warten.«

Tyron legte mit einer schnellen Bewegung die Arme um Sofias Taille, zog sie an sich, dann schob er sie von sich weg und drehte sie ein paarmal im Kreis. Ihr leichtes Kleid schlug um ihre Körper, die in perfekter Harmonie einander näher kamen und sich wieder entfernten. Die warme Sommerluft strich um ihre tanzenden Schritte.

Als Tyron sie schließlich ein Casqué machen ließ, brach Sofia in Lachen aus.

»Willst du das ganze Dorf aufwecken?«

»Entschuldige, du hast mich so überrascht.«

Sofia war noch an ihn geschmiegt und wich seinem Blick aus, indem sie auf die dunkle Silhouette des Berges in Tyrons Rücken schaute.

»Morgen ist letzter Schultag, und der Unterricht ist früher zu Ende. Hättest du Lust, mich abzuholen und mit mir ein Picknick auf dem Berg zu machen?«

Er tat, als überlege er, und fasste sich ans Kinn.

»Darf ich meinen Skizzenblock mitnehmen?«

»Wenn du das versuchst, lasse ich dich dort bei den Wildschweinen allein zurück.«

»Na gut, vergiss es. Die Panini mache aber ich. Glaubst du, dass ich das kann?«

Sofia ahmte ihn nach, fasste sich ans Kinn und tat, als überlege sie.

»Mal schauen. Na gut, schlimmstenfalls können wir ja ein paar Beeren pflücken.«

»Dann sehen wir uns also morgen Vormittag. Gute Nacht.«

ZWEI ENGEL

An diesem Morgen klingelte das Telefon schon sehr früh.

»Hallo.«

Am anderen Ende erkannte Sofia Giulias aufgeregte Stimme.

»Weißt du, wie spät es ist?«

»Wieso, schläfst du etwa noch? Warst du gestern lange unterwegs?«

Dem Ton ihrer Freundin entnahm sie, dass sie schon alles wusste.

»Wer hat es dir erzählt?«

»Deine Mutter. Wer sonst? Als ich sah, dass du nicht auf dem Fest warst, habe ich mir Sorgen gemacht, und da habe ich angerufen und erfahren, dass mich ein faszinierender Maler aus dem Ausland ausgestochen hat. Wo warst du denn? Sag bloß nicht, du …«

Sofia schwieg eine Weile, schloss die Augen und dachte an den letzten Abend.

»Nein, er hat gesagt, was passiert wäre, sei ein Irrtum, und er will, dass wir Freunde bleiben.«

Giulia gab einen langen enttäuschten Seufzer von sich.

»Freunde? Was soll das denn? Ihr seid doch keine Schulkinder mehr. Früher …«

»Ich glaube, er hat einfach nur Angst.«

»Wovor?«

»Sich in mich zu verlieben.«

Giulia seufzte wieder.

»Ja klar, die Männer haben immer Angst. Wo seid ihr denn hingegangen?«

»Oben auf die Burg, auf den Turm.«

»Und wie war es da?«

»Wunderschön.«

»Und was passierte danach? Nun erzähl schon!«

»Ich habe jetzt keine Zeit, ich muss mich anziehen. Nach der Schule fahre ich mit ihm auf den Berg.«

»Na, dann scheint dein Maler ja doch nicht so viel Angst zu haben«, meinte Giulia. »Verheimlichst du mir etwas?«

»Nein, absolut nicht. Ich schwöre es.«

»Sofia, pass auf, lass dir für alles Zeit, ich hab dich gern und möchte nicht, dass du seinetwegen leiden musst.«

»Ich weiß, Giulia, aber ich will es wenigstens mit ihm versuchen.«

»Warum?«

»Weil ich mich jedes Mal, wenn er mich ansieht, wie eine Frau fühle. Weil ich durch ihn erfahren habe, was Leidenschaft ist. Weil ich an diesem Nachmittag begriffen habe, dass es sich zu leben lohnt. Ich habe neuen Lebensmut. Vielleicht täusche ich mich ja und er hat gar keine Angst, sich zu verlieben, sondern nutzt mich nur aus, um die Leere in seinem Leben zu füllen. Aber weißt du was? Die Zeit vergeht schnell und ich will nicht immer der Vergangenheit nachtrauern. Ich will und muss es wenigstens versuchen. Jetzt muss ich aber tschüs sagen, sonst komme ich noch zu spät. Wir sehen uns nachher in der Schule.«

»Okay, okay. Aber ich lasse mich nicht mit Andeutungen abspeisen. Ich will alles wissen, auch die kleinsten Details. Und vergiss nicht, dass du vorsichtig sein musst. Lass dich nicht an der Nase herumführen.«

Sofia legte auf und öffnete ihren Schrank. Sie suchte sich ihre Garderobe so sorgfältig, wie sie es seit ihrem sechzehnten Lebensjahr nicht mehr getan hatte. Sie legte die glücklichen Sieger fürs Erste aufs Bett und sagte sich, nach der Dusche würde sie schon die richtige Wahl treffen. Unter der Dusche kam man immer auf die besten Ideen.

Tyron betrat das Schulgebäude und sagte zum Hausmeister, der an einem Schreibtisch saß, er habe eine Verabredung mit der Lehrerin Sofia Ferretti. »Drei B«, erwiderte der Mann gleichgültig. »Erster Stock ganz hinten.«

Tyron stieg die Treppe hinauf und erreichte einen langen Flur. Er folgte dem Schreien von Kindern, bis er vor einer geschlossenen Tür stand. Der Höllenlärm dahinter verriet ihm, dass der Unterricht zu Ende war.

Er klopfte an, doch niemand reagierte. Da drückte er langsam die Klinke herunter, und als er die Tür öffnete, konnte er gerade noch einem Tafelschwamm ausweichen, der durch die Luft flog. Eine Schar schreiender Kinder drängte sich um die Lehrerin.

Er hob den Schwamm auf, legte ihn auf das Ablagebrett unter der Tafel, auf der SCHÖNE FERIEN stand, und suchte nach Sofia. Nach einer Weile entdeckte er sie, schön wie immer. Sie trug einen Pferdeschwanz und ein geblümtes Sommerkleid, ihre schönen Beine waren deutlich zu sehen. Auf ihrer Nase saß eine schwarze Brille, die sie wie eine Intellektuelle wirken ließ.

Sie kniete hinten im Raum vor einem Mädchen mit blonden Locken, das sie fest umarmte. Ihr Anblick erinnerte an den von zwei Engeln. Er trat vorsichtig näher, um den Moment nicht zu stören.

Dann sah sie ihn zwischen lauter hüpfenden Kindern auf sich zukommen. Sie stand auf, hielt die Kleine aber weiterhin an der Hand. Erst da merkte Tyron, dass die schönen himmelblauen Augen des Mädchens ihn nicht sehen konnten. Sie erleuchteten das Herz der Betrachter, ohne selbst die Dunkelheit durchdringen zu können.

»Hallo.«

»Hallo, Tyron!«

Als das Mädchen die fremde Stimme hörte, drängte sie sich näher an Sofia.

»Wer ist das, Signora Ferretti?«

»Ein Freund aus Australien.«

Das Mädchen ließ ihre Hand los und ging mit ausgestreckten Armen auf Tyron zu.

»Kannst du dich ein bisschen herunterbeugen?«

Tyron gehorchte und ging in die Knie. Das Mädchen betastete sein Gesicht von der Stirn an, über den Augenschnitt, die Wangen, die Nase, den Mund und schließlich die Haare. Dann drehte sie sich zu Sofia um.

»Der Mann sieht gut aus, abgesehen von der Narbe über dem Auge, stimmt's, Signora Ferretti?«

Sofia wurde rot vor Verlegenheit, rückte verlegen ihre Brille zurecht, die ihr bis auf die Nasenspitze gerutscht war. Er beobachtete sie aus dem Augenwinkel, gespannt auf ihre Antwort.

»Ja, kann man sagen. Es ist eine Frage des Geschmacks, aber ich glaube, er sieht wirklich gut aus.«

Tyron richtete sich auf und sah Sofia grinsend an. Das Mädchen zog an seiner Hose und zwang ihn, sich wieder hinzuknien.

»Und wie kommst du nach Cetona? Bist du hinter meiner Lehrerin her?«

Sofia schlug die Hände vors Gesicht.

»Anni, was sagst du denn da?«

Tyron strich der Kleinen über den Kopf. »Keine Sorge, deiner Lehrerin passiert nichts. Ich bin hier, um zu arbeiten.«

»Und was für eine Arbeit machst du?«

»Ich bin Maler.«

Anni war erstaunt. »Wirklich? Einer, der Bilder macht, die man an die Wand hängt? Das ist aber schön! Ich habe noch nie einen kennengelernt.«

»Aber es gibt sie wirklich. Auch wenn ich glaube, dass sie eine aussterbende Spezies sind.«

»Wenn ich wieder sehen kann, zeigst du mir deine Bilder dann?«

Tyron schaute Sofia an, deren Augen sich mit Tränen füllten.

»Klar, dann darfst du sie sehen und dir eins aussuchen. Das schenke ich dir.«

»Juhu, juhu. Hast du gehört, Signora Ferretti? Er schenkt mir eins.«

Sie umarmte Tyron fest, er drückte sie an sich, schloss für einen Moment die Augen und stellt sich vor, in Sydney zu sein. Ein Schauer lief ihm über den Rücken.

»Jetzt sagen wir den anderen Lehrerinnen tschüs. Gleich kommen deine Eltern, um dich abzuholen.«

Sie brachten Anni zu den anderen, doch vorher wollte die Kleine ihrem neuen Freund zum Abschied einen Kuss geben. Sofia sah ihn an und tat, als bemerke sie seine Rührung nicht.

»Du warst sehr nett zu ihr, danke.«

Tyron sah weiter auf das Kind, das jetzt mit den anderen Lehrerinnen sprach.

»Wie heißt sie?«

»Wir nennen sie alle Anni, aber eigentlich heißt sie Anniceris.«

Er sah sie erstaunt an, doch Sofia erklärte es ihm.

»Ihr Vater ist Philosophieprofessor. Anniceris ist ein griechischer Philosoph, der die Meinung vertrat, Grundlage des Lebens seien die Liebe zu anderen und die Freundschaft.«

»Aha, ich verstehe, ein wirklich besonderer Name.«

»Nächstes Jahr kommt sie in eine andere Schule. Sie ist von Geburt an blind und es ist unmöglich, sie zu heilen. Ihr Vater hat einen Platz für sie in Pisa gefunden, wo es eine spezielle Schule für blinde Kinder gibt.«

»Sie wird dir fehlen.«

»Das weiß ich.«

Als sie das Gebäude verließen, holte Giulia sie im Laufschritt ein. »Sofia! Du kannst doch nicht einfach so weggehen, ohne mich deinem Freund vorzustellen!«

Sie blieben stehen und Giulia holte tief Luft.

»Entschuldige, Giulia. Es ist schon spät und du weißt, es ist ein weiter Weg bis zum Gipfel des Berges. Das ist Tyron, unser Untermieter. Du weißt schon.«

»Freut mich, ich bin Giulia, Sofias beste Freundin. Sie hat Ihnen bestimmt schon von mir erzählt. Falls nicht, müssen Sie wissen, dass wir unzertrennlich sind. Haben Sie keinen besten Freund aus Australien mitgebracht?«

Tyron sah sie zweifelnd an, begriff nicht, was sie meinte, drückte ihr aber die Hand.

»Hör nicht auf sie, sie ist ein bisschen seltsam. Ich weiß gar nicht, warum sie ihr überhaupt erlauben, hier zu unterrichten«, sagte Sofia scherzhaft.

Dann zog sie Tyron am Arm mit sich fort. Es war besser zu verschwinden, bevor es noch peinlicher wurde. Und da sie Giulia kannte, wusste Sofia, dass dies sicher passieren würde.

»Also dann *ciao*, Giulia.«

DIE SIRENE

An diesem Tag schien die Sonne besonders heiß und hell.

Der Himmel war strahlend blau mit nur hier und da ein paar dünnen Wolken, und er schien genauso wie die Menschen unter der Hitze zu leiden.

Sie verließen das Dorf, fuhren etwa einen Kilometer und bogen dann in eine kleine Straße ab, die um den Berg herum nach oben führte.

»Gestern Abend, als wir im Dorf waren, hat mein Bruder angerufen«, erzählte Sofia in dem Wissen, dass es dadurch zum Streit kommen konnte.

»Es tut mir leid, dass du nicht mit ihm sprechen konntest.«

Sie wandte den Blick einen Moment von der Straße ab und sah ihn an.

»Keine Sorge, er hat mit meinen Eltern gesprochen. Sie machten sich große Sorgen. Aber er hatte gute Nachrichten. Bald kommt er wieder nach Hause.«

Tyron betrachtete die Landschaft, die, je weiter sie nach oben fuhren, immer beeindruckender wurde.

»Fehlt er dir?«

Sie wartete eine Weile, bevor sie antwortete.

»Wir haben uns immer gut verstanden und ich mag ihn sehr, aber …«

»Aber?«

Sofia deutete ein Lächeln an.

»Aber jetzt ist da jemand, der mich alle anderen vergessen lässt.«

Tyron nahm die Sonnenbrille ab und schaute weiter aus dem Fenster.

»Dann frage ich mich, warum du den Ausflug nicht mit diesem Jemand machst.«

Sofia beobachtete ihn aus dem Augenwinkel. Dann nahm sie eine Hand vom Steuer und kniff ihn in den Arm.

»Er hatte keine Zeit.«

Sie kamen an der Palazzina vorbei, einer wunderschönen Villa aus dem 18. Jahrhundert mit einer Terrasse, von der aus man ganz Cetona sehen konnte. Sofia hielt beim Kloster San Francesco an.

»Angeblich wurde es von Franziskus selbst gegründet, und zwar 1212. Drinnen ist es wunderschön, aber leider muss man sich vorher anmelden, wenn man es besichtigen will.«

Sie fuhren weiter den Berg hinauf.

»Heute Morgen habe ich mir das Fresko von Pinturicchio angesehen.

»Hat es dir gefallen?«

Tyron wurde ernst und redete wie ein Professor der Kunstgeschichte.

»Ich bin der Meinung, es ist eine Schande, dass ein derartiges Kunstwerk so wenig Aufmerksamkeit erhält.«

Sofia nickte zustimmend und hatte das Gefühl, sie sei dafür mitverantwortlich.

»Du hast recht, aber wir Italiener schaffen es immer wieder, unser künstlerisches Erbe nicht angemessen zu würdigen. Dieses Problem haben fast alle Städte Italiens.«

Die Straße wurde plötzlich sehr steil, und kurz darauf erreichten sie ein kleines Plateau.

»Willkommen im Archäologischen Naturpark von Belverde«, sagte Sofia stolz, nachdem sie den Motor abgestellt hatte.

»Von hier aus können wir zu Fuß weitergehen, aber zuerst essen wir unser Picknick.«

Sie setzten sich an einen der Holztische, die hier und da im Wald standen. Tyron holte seinen Rucksack aus dem Kofferraum, öffnete ihn und packte alles aus, was sie zum Essen brauchten; zwei Gläser, zwei Teller, eine Flasche Wasser und ein paar sorgfältig eingewickelte Panini.

»Du bist aber gut organisiert!«

»Jetzt können wir anfangen. Guten Appetit.«

Ein Windstoß wehte eine Blüte auf ihren Tisch. Sofia nahm sie roch daran und wollte sie gerade fallen lassen, als Tyron sie ihr aus der Hand nahm und ihr ins Haar streckte.

Doch Tyrons Gedächtnis quälte ihn mit einem Mal, denn es brachte ihn zurück zu einem Sommernachmittag vor ein paar Jahren.

Er lag auf der Wiese der Universität. Er hatte eine Blume gepflückt und ihr ins Haar gesteckt. Diese Erinnerung traf ihn wie ein elektrischer Schlag und er spürte wieder den Schmerz.

»Entschuldigung, Sofia, ich bin ein Idiot. Ich bringe dich immer in schwierige Situationen. Ich weiß nicht, was in mich gefahren ist.«

Er redete mit Mühe. Es war, als wäre ihm ein Felsblock auf die Brust gefallen.

Dann konzentrierte er sich aufs Essen und hüllte sich in trauriges Schweigen, als sei es eine Sünde, sich glücklich zu fühlen.

Sofia begriff diesen plötzlichen Stimmungsumschwung nicht und war verwirrt. Sie zog die Blüte aus ihrem Haar und legte sie auf den Tisch. Dann nahm sie ein Pannino und biss hinein.

Sie kauten schweigend, beide mit ihren eigenen Gedanken beschäftigt.

Sofia drehte sich in einem Wirbel von Emotionen. Sie hatte geglaubt, sie sei die Hauptperson in einem Märchen geworden. Die Blüte, seine Aufmerksamkeit, die Worte, die sein Tun begleiteten. All dies ließ vermuten, dass sie davon träumen konnte, dass es auch für sie irgendwann heißen würde: Und sie lebten glücklich und zufrieden …

Doch so war es nicht. Tyrons dauerndes Sich-entschuldigen für Dinge, für dic niemand etwas konnte, machte ihr dies ein für alle Mal klar. Sofia versuchte, von dem Tag zu retten, was zu retten war.

»Was hältst du davon, wenn ich dir nach dem Essen zwei bedeutende archäologische Stätten am Monte Cetona zeige, die sehr berühmt sind?«

»Wie du willst. Worum handelt es sich?«

Seine geringe Begeisterung machte ihr noch deutlicher, dass bei ihm ein echter Stimmungsumschwung eingetreten war.

Sie ließ den Mut jedoch nicht sinken: Sie hatte ja von Anfang an gewusst, dass Tyron kein verlässlicher Mann war. Sie nahm die Herausforderung an.

»Du wirst sehen, sie werden dir gefallen. Sie sind gar nicht weit von hier.«

Sie betraten den Wald über einen schmalen Pfad und erreichten bald die Reste einer alten Mauer mitten auf dem Weg. Ohne Mühe fanden sie die Treppe im Felsen. Sie gingen über die feuchten Stufen, bis sie eine Tropfstein-Höhle erreichten.

»Das ist die Lattaia-Höhle«, sagte Sofia. »Sie heißt deswegen so, weil der Legende nach in der Antike junge Frauen während der Schwangerschaft hierherkamen und das weißliche Wasser tranken, das von den Stalaktiten tropft, um nach der Geburt ihrer Kinder bessere Milch zu haben.«

Tyron schaute nach oben und bewunderte die von der Natur geschaffenen bizarren Formen.

»Unglaublich.«

Sofia freute sich festzustellen, dass sie sein Interesse geweckt hatte.

»Und stell dir vor, man hat hier Reste gefunden, die beweisen, dass an diesem Ort schon in der Altsteinzeit Menschen gelebt haben.«

»Bist du hier in den Ferien zufällig als Fremdenführerin tätig?«, spottete Tyron. Durch diesen Scherz schmolz das Eis zwischen ihnen binnen Sekunden.

»Wenn du es genau wissen willst, als ich noch nicht unterrichtet habe, war ich es tatsächlich.«

»Das erklärt alles. Aber, Frau Fremdenführerin, hatten Sie nicht gesagt, es gäbe zwei Stätten zu besichtigen?«

»Ja, nicht weit von hier ist noch so eine Höhle. Die Höhle von Gosto.«

Er wies mit der Hand zum Ausgang.

»Worauf warten wir? Gehen wir, oder?«

Über die Treppe kamen ein paar Touristen, die nach unten wollten.

»Die Armen, sie wissen nicht, was sie verpassen«, meinte er.

»In welcher Hinsicht?«

Tyron nahm sie an der Hand und gemeinsam stiegen sie weiter nach oben.

»Weil es nicht dasselbe ist, so eine Höhle ohne die beste Führerin zu besichtigen, die es gibt.«

Sofia drückte ihm die Hand.

»Ich hoffe, sie ist nicht die beste, weil es keine andere gibt.«

Als sie wieder nach draußen kamen, hatten sie gerade noch Zeit, im Besucherzentrum einen Kaffee zu trinken. Dann liefen sie nach Bevedere zurück, jenen wegen der vielen kleinen Grotten und Höhlen berühmten Ort. Hier war in den dreißiger Jahren eine bedeutende bronzezeitliche Siedlung entdeckt worden.

Danach besuchten sie Eremo di Santa Maria in Belverde, eine Einsiedelei, die ein Franziskanermönch der Jungfrau Maria geweiht hatte. Sie war umgeben von jahrhundertealten Steineichen und Zypressen. Als Sofia und Tyron den am Wald entlang führenden

Weg zum Gipfel des Berges erreichten, war es schon recht spät.

»Vielleicht kehren wir besser um. Wenn wir weiterlaufen, könnte uns die Dunkelheit überraschen«, meinte Sofia.

Tyron blickte zu dem noch recht fernen Gipfel hinauf.

»Du hast recht, wir brauchen ja auch noch eine Weile, bis wir zum Auto kommen«, meinte er und nahm gedankenverloren den Stein entgegen, den Sofia gerade aufgehoben hatte. Darauf war ein Muschelfossil zu sehen. Tyron war sprachlos.

»Wie ist das nur möglich?«

»Vor drei Millionen Jahren war dieser Berg eine Insel.«

»Dann stammst du also von Sirenen ab. Ich muss mir die Ohren zustopfen, sonst werde ich noch Opfer eines Zaubers und glaube, ich wäre in dich verliebt.«

Bums! Da war es wieder. Mit einem Satz hatte er es geschafft, einen wunderschönen Tag zu ruinieren. Sofia senkte den Blick, damit er die Enttäuschung in ihren Augen nicht sehen konnte. So wurde der Berg wieder zu einer Insel mitten im Meer. Eine Insel, auf der Tyron sie nie erreichen würde.

Sie saßen gerade beim Abendessen. Aldo stand auf, um sich eine saubere Gabel zu holen, und streichelte ihr den Rücken, als er an ihr vorbeikam.

»Onkel Bruno hat mir gesagt, er hat dich gestern in deinem Wagen mit dem Maler gesehen.«

Sie lächelte, als sie ihren Vater Tyron »den Maler« nennen hörte.

So machte er es immer, wenn er sich nicht an die Namen von Leuten erinnerte, und sie überlegte, dass sie sich Tyron gegenüber weit geöffnet hatte, so wie vorher bei keinem anderen Mann. Jetzt war er für sie einfach Tyron, aber leider nicht ihr Tyron.

»Ich habe ihm gesagt, er soll aufhören zu trinken, während er arbeitet.«

»Der Onkel war nicht betrunken. Das war ich wirklich. Ich habe mit ihm einen Ausflug auf den Berg gemacht.«

Marcella verschluckte sich an ihrem Wasser. Sie begann zu husten und sah ihren Mann an. Aldo setzte sich wieder, fuhr fort zu essen und tat, als sei die Sache hiermit erledigt. Dann sah er seine Tochter an.

»Ich verstehe nicht ganz, Ist er dir plötzlich sympathisch geworden?«

Sofia hatte sich noch nie gern für das, was sie tat, dachte oder empfand, gerechtfertigt, am allerwenigsten ihren Eltern gegenüber. Sie hasste es, dass sie sie immer noch als kleines Mädchen betrachteten, das man schützen und verhätscheln musste, und deshalb antwortete sie gereizt: »Als du mich gefragt hast, ob ich ihn herumfahren kann, weil du keine Zeit hattest, war es dir ganz egal, ob er mir sympathisch war oder nicht.«

Marcella, die ahnte, in welche Richtung sich das Gespräch entwickelte, versuchte vermittelnd einzugreifen.

»Sofia, dein Vater und ich wollen doch nur wissen, warum du jetzt anderer Meinung bist. Nichts weiter.«

»Also gut, wenn es euch Freude macht. Ich habe gemerkt, dass ich mich mit meiner Meinung über ihn geirrt hatte und dass sich hinter seiner Maske ein wunderbarer Mann verbirgt.«

Sie sah die erstaunten Gesichter ihrer Eltern und begriff, dass sie übertrieben hatte. Aldo stieß seine Frau mit dem Ellbogen an. »Hast du gehört? Er ist ein wunderbarer Mann. Was meinst du, hat sie sich in ihn verliebt?«

Sofia ließ ihre Mutter nicht zu Wort kommen und sagte, um zu retten, was zu retten war: »Papa, was für ein

Unsinn. Wie sollte ich mich in einen Mann verlieben, der bald nach Australien oder Gott weiß wohin geht und nie wieder herkommen wird?«

Da merkte sie, dass sie eine Frage gestellt hatte, die sie sich selbst beantworten musste. Warum hatte sie ihr Herz an einen Mann verloren, den sie ganz sicher wieder verlieren würde? Plötzlich sah sie sehr traurig aus.

Marcella verpasste ihr den Gnadenstoß.

»Es ist schon besser so. Die Tante hat nämlich gesagt, Mario habe ihr gesagt, dass Alfredo ihr gesagt hat, sie hätte ihn in der Bar am öffentlichen Telefon mit seiner Verlobten sprechen hören. Offenbar hat er sich bei ihr entschuldigt: ›Sei ganz ruhig, mein Schatz, du weißt doch, dass du die einzige Frau in meinem Leben bist.‹ Na ja, eben genau das, was ein Seemann, der in jedem Hafen eine andere hat, seiner Frau zu Hause am Telefon erzählt. Ich habe das zwar nur über Dritte gehört, aber solche Geschichten haben immer einen wahren Kern.«

Dabei sah sie Sofia in die Augen, und als ihre Tochter den Blick abwandte, wusste sie, dass es zu spät war. Ihre Tochter war kein Mädchen mehr und hatte sich in den falschen Mann verliebt. Wieder mal.

»Das ist das übliche Gerede, darauf gebe ich nichts. Ich habe es euch ja auch schon gesagt: Zwischen uns läuft nichts«, behauptete Sofia.

»Ist ja gut, mein Schatz, aber pass trotzdem auf.«

Das hörte sie nun schon zum zweiten Mal. Erst von Giulia, jetzt von ihrer Mutter. Pass auf, das bedeutete alles Mögliche, und beide wussten es. Es hieß: Meine Tochter, du bist jetzt groß und ich kann dich nicht mehr beschützen. Ich weiß auch, dass ich dich nicht daran hindern kann, deinem Gefühl zu folgen, und nicht mal du selbst kannst dich davor bewahren. Doch ich werde, wenn auch mit aller notwendigen Distanz, selbst wenn das einer Mutter stets schwerfällt, sich nicht einzumischen, immer für dich da sein, und wenn es nur darum geht, dich an meiner Schulter auszuweinen.

Aldo fiel plötzlich ein, dass es im Fernsehen eine Sendung gab, die er auf keinen Fall verpassen wollte, und er zog sich aufs Sofa zurück.

SCHMERZ, GIFT UND TREIBSAND

Also gut. Und wenn diese Widerspenstigkeit nichts weiter war als eine geniale Strategie, um sie auf Abstand zu halten, damit sie ihn in Ruhe ließ? Andererseits schien Tyron wirklich einsam zu sein, in sich gekehrt und allein in seinem Schmerz. Sein Schmerz war für sie Gift. Wie schön wäre es, essen zu gehen und Folgendes zu bestellen: »Eine Vorspeise aus Schmerz und ein Hauptgericht aus Gift. Nachtisch? Nein, heute möchte ich nicht zu viel essen. Ich möchte mich nicht zu sehr mit dem Genuss feiner Speisen verwöhnen. Ja, zum Trinken hätte ich gern ein großes Glas Chloroxyd, der schweigsame Herr in meiner Begleitung trinkt verdünntes Rizinusöl, am liebsten mit einem Spritzer Zyankali. Ja, wir sind Leute, die wissen, wie man das Leben genießt.«

Danach steht auf unserem Programm ein Spaziergang auf Knien und gegenseitiges Auspeitschen. Für das, was wir so gern mögen, muss man zu zweit sein: damit wir uns ein Leben lang kräftig auspeitschen können.

Wenn mein Onkel aber recht hat, wäre diese Aufforderung zur Selbstkasteiung eine Lüge. Dann wäre alles anders. Statt mit einem Märtyrer hätte ich es mit einem perversen polygamen Maler zu tun, der eine Depression vortäuscht, um das Mitleid der Frauen zu erregen und sie ins Bett zu kriegen, bevor diese an eine Beziehung auch nur denken können. Mich aber hat er nicht ins Bett gekriegt, sondern in ein Feld, das in Privatbesitz ist.

Bei der Erinnerung an dieses Ereignis wurde ihr warm. Es war zu schön gewesen. Sofia wusste nicht, wie sie dies erklären sollte, und glücklicherweise musste sie es auch nicht tun. Doch sie hatte den Eindruck, da war etwas geschehen, das größer war als sie beide. Die Natur hatte mitgewirkt, war die Hauptperson gewesen, hatte sie umfangen, ermutigt, hatte ihren Schweiß aufgesogen und die Herzschläge aufgenommen. Das konnte nichts Schlechtes gewesen sein. Nein, es ließ sich bestimmt eine Lösung finden.

Mit diesen Gedanken, die Sofia nicht aus dem Kopf bekam, konnte sie unmöglich zu Hause bleiben. Sie schwankte zwischen Mutlosigkeit und freudiger Erregung. Es war, als herrschten zwei launische Diktatoren über sie.

Heute schien wunderbar die Sonne, und da sie nichts Besonderes vorhatte, beschloss sie, einfach loszuziehen und frische Luft zu schnappen. Am Vorabend war sie bei Giulia gewesen und hatte verzweifelt versucht, den Floh, den ihre Mutter ihr ins Ohr gesetzt hatte, zu vergessen.

Mit wenig Erfolg. Auch als sie über etwas ganz anderes redeten und herzhaft lachten, spürte sie am Grunde ihrer Seele leichtes Unbehagen. Es war, als bewege sich eine sprechende Grille in ihrem Rücken und riefe mit durchdringender Stimme, es gäbe nichts zu lachen, ihr Liebster flirte am Telefon mit allen Frauen der Welt, ihr gegenüber aber sei er nur schwierig. Grille oder nicht, sie musste sich ablenken, sonst würde es ein furchtbarer Tag werden.

Als sie aus dem Haus kam, begegnete sie einem blassen, trübsinnigen jungen Mann, der auf ihr Haus zuging.

»Suchen Sie jemanden?«, fragte Sofia und verzog das Gesicht. Diese Jammergestalt hatte sicher keine guten Nachrichten zu überbringen.

»Ja, ich muss etwas abgeben, finde aber den Namen nicht am Klingelschild.«

»Wie heißt er denn?«

»Lane.«

Er sprach es *lane* aus, wie man es schreibt. Zuerst verstand Sofia ihn nicht, dann brach sie in Lachen aus.

»Ach so, ja, das schreibt sich Lane, wird aber *lein* ausgesprochen. Er wohnt hier, auf der rechten Seite. Was müssen Sie ihm denn bringen?«

»Einen Umschlag. Wenn Sie unterschreiben, kann ich den Ihnen geben, ich habe schon genug Zeit verloren.«

»Ja, okay, geben Sie ihn mir ruhig.«

Der Postbote reichte ihr ein Formular zum Unterschreiben, dann stieg er wieder in seinen Wagen.

Sofia bekam eine Gänsehaut. Es war, als flösse kein Blut in ihren Adern, sondern ein heißes, sprudelndes Getränk.

Sie musste zu ihm gehen. Das war sicher nicht das Beste, aber zugleich wünschte sie sich nichts sehnlicher. Sie nahm all ihren Mut zusammen und klopfte an seine Tür.

Es dauerte einige Zeit, bis er kam, aber das Warten hatte sich gelohnt. Er sah so sexy aus, als er sich mit einem Lappen das Gesicht abwischte, das voller Farbe war.

»Entschuldige bitte, komm ruhig rein. Ich kann dir nichts anbieten. Aber du kannst dich auf den Boden setzen.«

Sofia war nicht klar, dass sie einen Moment dagestanden hatte, ohne etwas zu sagen. So sehr war sie über sein Aussehen erstaunt gewesen.

»Kann ich mit irgendetwas dienen?«, fragte er.

»Ja, ja sicher. Ich habe hier einen Brief für dich. Der Postbote bat mich darum …«

Tyron ließ sie nicht zu Ende reden und nahm ihr den Umschlag aus der Hand. Er kam von der Nationalgalerie aus Siena.

Tyron öffnete ihn vor Sofias Augen, ihre Anwesenheit schien ihn nicht zu stören.

»Das ist die Einladung zu einer Ausstellungseröffnung. Scheint interessant zu sein.«

»Und gehst du hin?«

»Weiß ich noch nicht. Das ist heute Abend. Ich bin nicht sicher. Andererseits schreiben sie, wenn ich käme, würde das die Sache sehr aufwerten.«

»Hast du den Mut, ihnen diese Ehre zu verweigern?«

»Ja, den hätte ich. Aber das Hauptproblem ist doch, wie ich nach Siena komme. Wie lange braucht man denn zu Fuß dorthin?«

»Wenn du damit sagen willst, du lädst mich ein, dich zu begleiten … das hättest du auch einfacher haben können.«

»Würdest du denn mitkommen?«

»Ja.«

Als Sofia wieder draußen vor seiner Tür stand, war sie verwirrter denn je. Das hatte sie nicht gewollt. Oder doch. Sie wollte es unbedingt, hätte es aber gern nicht gewollt. Na toll. Ich gehe spazieren, um eine Lösung zu suchen, versuche mein Gleichgewicht wiederzufinden, und mit welchem Ergebnis? Einer Verabredung mit ihm für heute Abend. Diese Geschichte ist ja schlimmer als Treibsand, bei jedem Schritt, den ich mache, gerate ich tiefer hinein.

GEFÜHLE SUCHEN

Am Ende der Ausstellungseröffnung gab Tyron großzügig ein paar Autogramme und posierte sogar für Selfies zusammen mit Besuchern, die ihn kühn darum gebeten hatten. Sofia stand ein wenig abseits und beobachtete lächelnd das unrühmliche Ende des düsteren *homeless painter*.

»Ich bitte dich, erzähle niemandem, dass du mich so gesehen hast. So darf es auf keinen Fall weitergehen.«

»Du kannst ganz beruhigt sein. Ich bilde mir nicht ein, dass du plötzlich ein anderer Mensch geworden bist«, sagte Sofia lachend.

Auf der Rückfahrt war Tyron dann auch tatsächlich wieder schweigsam und zog ein düsteres Gesicht.

Sofia verlor sogleich die Hoffnung, die dieser Abend bei ihr geweckt hatte, und fühlte sich genauso unwohl wie zuvor. Da ist wohl nichts zu machen, dachte sie, es war, als zöge sie bei jedem Höhenflug irgendetwas wieder nach unten. Wie hatte sie nur einen Augenblick lang denken können, sie sei in der Lage, ihn zu ändern und seine Liebe zu erringen. Ihr kamen die Gerüchte über das Telefongespräch und andere finstere Gedanken in den Sinn. Unglaublich, wie schnell Freude verfliegen konnte. Wie dumm, zu glauben, sie könnte es schaffen.

Kurz darauf hatte sie einen Kloß im Hals und einen quälenden Druck im Magen. Ja, das war dumm, aber da konnte man nichts machen. Sofia kniff die Augen zusammen, um die Tränen der Wut und Verzweiflung zurückzuhalten. Bis Cetona waren es nur noch wenige Kilometer.

Irgendwann trat sie kräftig aufs Bremspedal und blieb am Straßenrand stehen.

»Was ist los?«, fragte Tyron erschrocken. »Stimmt etwas mit dem Auto nicht?«

»Ja, es ist das Auto, das siehst du ganz richtig«, sagte sie und verzog den Mund.

»Soll ich aussteigen und nachsehen? Ich kenne mich allerdings mit Motoren nicht aus …«

»Du verstehst sicher mehr von Motoren als von Menschen!«

»Was willst du damit sagen?«

»Was zwischen uns geschieht, ist ein Wunder, du solltest froh darüber sein und wenigstens ein kleines bisschen dankbar, aber du zeigst die Begeisterung eines zum Tode Verurteilten bei der Henkersmahlzeit. Ständig dieser Gesichtsausdruck zwischen Leiden und Gleichgültigkeit.«

»Sofia, du hast recht. Es ist meine Schuld …«

»Fällt dir wirklich nichts anderes ein? Mir ist es völlig egal, ob ich recht habe oder nicht, ich möchte gut drauf sein. Und zwar mit dir.«

»Ich weiß nicht, ob diese beiden Dinge zusammengehen.«

»Dann sag mir wenigstens, wie sie heißt.«

Tyron sah sie einen Moment verständnislos an.

»Wer soll wie heißen?«

»Die Frau, in die du verliebt bist und an die du denkst, wenn du so abwesend bist.«

Schweigen. Sofia schlug die Hände vors Gesicht. Sie mochte keine Szenen, und sie gefiel sich gar nicht in dieser Rolle, doch diese Geschichte kehrte eine dramatische Seite an ihr hervor, von der sie selbst nichts gewusst hatte. Schnell sagte sie: »Weißt du, ich will dich nicht unter Druck setzen. Nichts ist dümmer, als von anderen Zuneigung einzufordern. Entweder man hat Gefühle oder nicht. Für mich ist klar, dass es zwischen uns etwas sehr Starkes gibt. Aber mir ist genauso klar, dass du alles tust, um dich abzuschotten. Warum? Ich will ja nur den Grund wissen, dann komme ich damit schon klar.«

Tyron konnte kaum glauben, worauf sie mit all diesen Bemerkungen hinauswollte: »Du meinst doch nicht etwa, dass ich eine andere habe?«

»In der Bar hat jemand gehört, wie du am Telefon mit einer Frau gesprochen und zu ihr gesagt hast, sie sei *die einzige Frau in deinem Leben*.«

Tyron war aufrichtig verblüfft.

»Du weißt nicht, wovon du redest. Natürlich habe ich in der Bar telefoniert, aber … mein Gott, das ist doch nicht möglich! Ja, ich habe diesen Satz gesagt, aber zu meiner Agentin Vittoria. Sie beklagte sich, dass ich nichts von mir hören lasse, fragte, ob ich vielleicht nicht mehr mit ihr zusammenarbeiten wolle und mir eine andere suche, aber das werde ich niemals tun. Niemand wird sich jemals so um mich kümmern wie sie.«

»Also habt ihr nur eine rein geschäftliche Beziehung?«

»Ich schwöre es. Zwischen uns ist nichts.«

Sofia seufzte erleichtert auf. Das Gespenst der »Anderen« war vernichtet, und damit waren alle andern Fragen unwichtig. Sofort verschwand ihre Wut und fühlte sie sich wieder schwach und bezaubert von dem geheimnisvollen Maler. In diesem Moment spielte im Radio *Buona fortuna* von Claudio Baglioni. Tyron drehte den Ton lauter, öffnete die Tür und ging ums Auto herum, wobei er Sofia winkte, ihm zu folgen.

Es kam ihr seltsam und ein bisschen verrückt vor, aber sie ließ sich umarmen, denn in ihrer schwierigen Lage galt es die schönen Momente auszukosten.

Tyron nahm sie fest in den Arm und tanzte mit ihr. Für eine Weile waren die Probleme weg und ihre Angst schwand. Es gab nur sie beide, und dazu die Sterne und die Musik.

IN SEINER HAND

Die Beschwingtheit dieser Nacht begleitete sie nach Hause, zusammen mit einem nicht gegebenen Kuss, der jede Minute dringender wurde. Tyron führte sie in seine Wohnung. Sofia hätte sich von der Hand, die die ihre hielt, an jeden Ort der Welt bringen lassen.

Er ließ sie mitten im Wohnzimmer stehen und sagte: »Bleib, wo du bist, und beweg dich nicht!«

Sofia gehorchte.

»Zieh dich aus«, rief er, nachdem er im Zimmer sämtliche Lampen eingeschaltet hatte.

Sie erwiderte nichts und tat, wozu er sie aufgefordert hatte. Sie öffnete den Knopf oben an ihrem Kleid und es fiel zu Boden. Als er einen Scheinwerfer auf sie richtete, wusste sie nicht mehr, wo sie war, spürte aber seinen Blick. Dann wandte sie sich dem Licht zu, in dessen Schatten Tyron sich verbarg, hob langsam den Kopf und blieb nackt vor ihm stehen.

Nach einigen Augenblicken kam Tyron aus dem Dunkel hervor, näherte sich ihr schweigend, legte ihr sanft die Hände auf den Rücken, drehte sie um und ließ sie sich auf den Boden setzen. Er löste ihre Haarspange und ihr langes kastanienbraunes Haar fiel herab. Sorgfältig legte er es auf eine Seite, damit der Rücken frei blieb.

Dann küsste er sie sanft auf die Wange. Sie schloss die Augen und hätte sich gerne in seine Arme geworfen. Doch völlig unerwartet entfernte er sich wieder und verschwand aus dem Lichtkegel. Er stellte eine neue Leinwand auf die Staffelei, nahm die Palette und tauchte den Pinsel in die Farbe Rosa.

Sofia wartete geduldig, das Malen bestimmte über die Zeit. Sofia fühlte sich immer mehr zu ihm gehörig, obwohl er sie nicht berührte. Tyron stand vor der Herausforderung, die er immer gefürchtet hatte: zuzulassen, dass ein Mensch seiner Seele gefährlich nahekam. Ein paar Stunden lang berührten sie einander nicht ein einziges Mal, doch der Wunsch danach wuchs mit jeder Sekunde.

Als Tyron endlich beschloss, sie in die Arme zu nehmen und aufs Bett zu tragen, war er über und über mit Farbe verschmiert, und als er sie umarmte, ließ er viele Kleckse auf ihrer Haut zurück.

Dann drang seine Stimme durch die Luft wie eine Klinge und es war, als trennte sie damit auch ihre beiden Körper, die eng aufeinanderlagen: »Ich werde alles tun, was ich kann, um mich nicht zu verlieben!«

Sofia war auf diesen Kampf vorbereitet und antwortete prompt: »Und ich tue alles, damit du dich in mich verliebst.«

So begann ein Duell, bei dem jede Attacke intensiver schien als die vorherige und das Ergebnis immer weniger sicher.

»Unsere Geschichte hätte keine Zukunft, bald gehe ich fort und komme nie wieder zurück.«

Der Streich traf sie und sie wankte, stürzte aber nicht.

»Das ist nicht gesagt.«

»Du wirst mich verlieren und furchtbar leiden.«

Er war so sicher, er hätte ihr damit den letzten Stoß versetzt, dass er einen Moment nicht achtgab.

Da durchbohrte sie sein Herz. »Wie soll ich leiden, wenn ich etwas verliere, das ich nie besessen habe?«

»*Touché!*« Tyron schüttelte den Kopf. Sofia rückte näher an ihn heran. Sie vergaß alle Vorsicht. Die weißen Betttücher waren inzwischen voller seltsamer Muster in allen Farben.

Jetzt war der Moment der Liebe gekommen. Sie liebten sich wie zwei Menschen, die durch die ganze Welt gezogen sind und tausend Stürme in Kauf genommen haben, um sich zu treffen.

In den nächsten Tagen verbrachten sie immer mehr Zeit miteinander. Es war, als gestatteten sie sich einen Traum. Sofia verschloss die Augen vor Tyrons Leid, das nach wie vor in der Luft hing, und entschied, alles aufs Spiel zu setzen. Diese Lust konnte kein Selbstzweck sein, dieses immer bessere Kennen des anderen ließ sich nicht einfach so wegwerfen, ganz gleich welche geheimnisvollen finsteren Mächte gegen ihre Liebe kämpften.

»Wenn er sich darauf versteift, mich nicht lieben zu wollen, ist das sein Problem«, sagte sie eines Tages zu Giulia. »Dann kann keiner behaupten, ich hätte es nicht versucht.«

Giulia schüttelte den Kopf.

»Was ist, bist du nicht überzeugt?«, bedrängte Sofia sie.

»Nein, du hast ja recht. Ich dachte nur daran, wie es beim letzten Mal aus ging. Weißt du noch, wie schwer es für dich war, die Scherben aufzusammeln? Ich möchte dich nicht noch einmal in diesem Zustand sehen. Aber ich weiß, du bist nun mal so – alles oder nichts. Das ist ja das Schöne an dir.«

»Und du bist ja auch immer da und kannst mir helfen, nicht?«

»Klar, da kannst du ganz sicher sein. Ich halte Kleber und Tigerband bereit, hoffe aber, dass ich sie nicht zu verwenden brauche.«

»Oft begreifen wir gerade durch die Liebe, die wir für unmöglich halten, dass im Leben alles möglich ist …«

DAS LEBEN SCHENKEN

Das Leben kann nicht immer in der Schwebe bleiben. Früher oder später kommt der Tag, an dem die Wirklichkeit mit uns abrechnet. Manchmal fällt die Rechnung gesalzener aus als erwartet. Denn ein hungriges Herz gibt sich nicht mit ein paar Brosamen zufrieden.

Es war früh am Morgen. Tyron, die Palette in der einen, den Pinsel in der anderen Hand, sah zum letzten Mal auf die Eiche im Weizenfeld, darüber der blaue Himmel, den zu malen ihn viel Kraft gekostet hatte. Es gibt gleichgültige Himmel und solche, die präsent sind, fassbar, und sprechen, und diese zweite Art wiederzugeben ist viel schwieriger. Es war ihm jedoch gelungen. Das Malen eines Bildes ist wie eine lange Wanderung zu einer Berghütte. Manchmal sieht man das Ziel aus der

Ferne, es wird immer größer und man kann schon die Schritte zählen, die man noch zu gehen hat. Manchmal jedoch, und das war hier der Fall, sieht man das Ziel bis zum Schluss so gut wie nie, und so steht man abrupt davor, nachdem man um eine Kuppe gegangen ist. Tyron hatte das Ziel nicht vorhergesehen, und jetzt sah er plötzlich, dass er fertig war. Sorgfältig malte er wie immer die Frau von hinten auf das letzte Bild, dann ließ er den Pinsel ins Waschbecken fallen.

Er legte sich auf den Terracottaboden. Wie viel Zeit war vergangen, seit er zum ersten Mal hier die Energie dieser Wohnung gespürt hatte? Mehr als zwei Monate, die schnell vorübergezogen, aber so intensiv gewesen waren, dass alles vorher Erlebte verblasste.

In Gedanken kehrte er zu dem Gespräch mit Miss Lyons, der weltweit bekannten Unternehmerin, zurück. Er dachte an die Fahrt durch New York zu ihrem Büro. Die Stadt glitt am Fenster des Taxis vorbei, während ihn der Chauffeur aus Pakistan Höllenqualen leiden ließ, da er jede Lücke auf der Fahrbahn nutzte, ständig die Spur wechselte und den Zorn der anderen Autofahrer auf sich zog. Tyron dachte an die Plätze des *Big Apple*, die er sich gerne genauer angeschaut hätte, doch zwischen Übelkeit und Aufregung wegen des bevorstehenden Treffens war es ihm nicht gelungen, das, was er von New York mitbekam, zu genießen.

Er hatte Reden in der Öffentlichkeit, Prüfungen, Interviews und Gespräche mit Auftraggebern noch nie gemocht. Er hasste das alles seit jeher aus tiefstem Herzen. Nicht so sehr weil er schüchtern war oder unter dem Leistungsdruck litt, dies hatte nur eine Rolle gespielt, als er jünger war, aber jetzt, wo er berühmt war und überall Anerkennung erfuhr, nicht mehr. Ängstlichkeit überließ er gern den anderen. Der eigentliche Grund war der Eindruck, dass all diese Dinge nichts anderes waren als der Versuch, sich zu verkaufen, seinen Marktwert zu erhöhen, wo doch eigentlich der Wert eines Kunstwerks oder eines Menschen über allem anderen stehen sollte, ohne eitle Zurschaustellung. Über sich zu reden mied er wie die Pest, es ging ihm auf die Nerven, er kam sich dabei lächerlich vor. Er wurde verlegen und hatte das Gefühl, man wolle ihn vernichten. Genau so war es für ihn.

In den letzten Jahren hatte ihn Vittoria immer davor bewahrt. Sie verstand ihn wie eine Mutter, vertrat ihn exzellent: Sie machte bessere Verträge als jeder andere, akquirierte immer reizvollere Aufträge und war vor allem imstande, ihm genau zu vermitteln, was seine Auftraggeber wünschten.

Meistens gab sie ihm die entscheidenden Details, um mit einem Werk beginnen zu können, und so geschah es nie, dass er verlor, was ihm als Künstler am meisten bedeutete, seine Freiheit.

Bei Miss Lyons war es anders gewesen. Da hatte er sich selbst präsentieren müssen. Für sie war die Begegnung mit dem Künstler unabdingbare Voraussetzung. Bis heute war es für ihn ein Geheimnis, wie es Vittoria gelungen war, ihn dazu zu bewegen, diese Dame aufzusuchen.

Auf der gesamten Fahrt durch die Stadt war er versucht, den Pakistaner zu bitten, Umwege zu nehmen oder einfach zurückzufahren und ihn wieder am Flughafen abzusetzen. Er gab der Versuchung jedoch nicht nach. Bald stand er vor einem Glasgebäude am Central Park wie ein normaler Angestellter, aber schlechter angezogen, was ihn noch nervöser machte. Schließlich wollte er sie dann aber doch kennenlernen, die mächtige Miss Lyons, vielleicht um ihr in die Augen zu sehen und ihr ein Wort zu sagen, das sie wahrscheinlich seit ihrer Kindheit nicht mehr gehört hatte: Nein. Wozu brauchte er ihr Geld? Er hätte sich umdrehen und weggehen können. Aber wohin? Genau das war das Problem. Er hatte keinen Ort, an den er heimkehren konnte, er bewegte sich von einer Arbeit zur nächsten, ohne an etwas anderes zu denken. Sonst wäre er ins Leere gestürzt.

Er sah auf seinem Telefon nach, wie spät es war. Normalerweise achtete er nicht auf die Uhrzeit. Er fand eine Nachricht von Vittoria. *Ich weiß, es ist schwer, aber du wirst es schaffen. Und ruf mich gleich danach an. Ich bin in der Nähe. V.*

Er sah zu den jahrhundertealten Platanen hinüber und dachte schon, er würde sie dort auf einer Bank sitzen sehen.

Na gut, sagte er sich, das ist das letzte Mal, dass ich mich zu so etwas zwingen lasse. Er zeigte seinen Ausweis beim Portier vor und fuhr im Aufzug mit einem schweigenden Liftboy, der auf den Knopf des 21. und letzten Stockwerks drückte und ihn mit einem diskreten Nicken verabschiedete, bevor er sich zurückzog.

Es war eine lange Fahrt, und Tyron änderte unterwegs dauernd seine Meinung. Vor der Schiebetür empfing ihn ein Mädchen, das aus der Welt der Träume zu kommen schien, mit einem höflichen Lächeln und einem klaren sanften Blick aus dunklen Augen. Auch ihr Haar war dunkel. Die Art, wie sie ihn ansah, verminderte die Distanz, die durch ihre hohe schlanke Gestalt entstand; ihre helle, glatte Haut erinnerte ihn an eine weiße Marmorstatue. Man hatte fast Lust, sie zu berühren, um diesen geheimnisvollen Kontrast zu begreifen und herauszufinden, was stärker war, die kalte Perfektion oder die Wärme in ihren Augen. Sie gingen durch einen langen Flur. An der linken Wand hingen die Stoffe, mit denen die Firma von Miss Lyons bekannt geworden war, bevor sie zu einem multinationalen Unternehmen herangewachsen war, das zweiundzwanzig Büroetagen belegte und zahlreiche Niederlassungen in aller Welt hatte. Alles hatte hier seinen Anfang genommen: eine junge Frau mit einzigartiger Sensibilität und einer Vorliebe für Stoffe.

Am Ende des Flurs wies das Mädchen ihm einen Sessel zu, der sich von dem Raum abhob, in dem so gut wie nichts anderes stand als ein aufgeräumter Schreibtisch mit Glasplatte. Das Mädchen drückte auf einen Knopf und sagte: »Mr. Lane ist da.«

»Lass ihn herein.«

Mit dem immer noch gleichen Lächeln führte sie ihn in Miss Lyons' Büro, entfernte sich dann und schloss die Tür. Die Frau stand dort und blickte durch das große Fenster auf den Central Park.

»Bitte fühlen Sie sich wie zu Hause«, sagte sie, ohne sich umzudrehen.

»Danke.«

Tyron rührte sich nicht von der Stelle, beeindruckt von dem Blick auf die Stadt und der Frau, die ihm den Rücken zukehrte. Dieser Anblick barg einiges von dem, was auf seinen Bildern zu finden war.

Endlich drehte sie sich um.

Sie wirkte viel jünger als sechzig, sie war blond, hager und hatte einen eiskalten Blick.

»Ihre Agentin hat mir gesagt, dass Sie Ihre Kunden ungern selbst treffen. Entschuldigen Sie diese Unannehmlichkeit, aber für mich war es ganz entscheidend, Sie persönlich zu sehen und Ihnen genau zu sagen, was der Gegenstand unserer … Transaktion ist.«

Sie nennt die Dinge direkt beim Namen, dachte Tyron, den diese seltsame Frau, die aus Stahl und Seide gemacht schien, zu interessieren begann.

»Ich muss sicher sein, dass Sie wissen, was ich will. Damit möchte ich nicht in Ihren Schaffensprozess eingreifen, aber ich habe die Angewohnheit, bei meinen Geschäften für größtmögliche Klarheit zu sorgen.«

»Ich verstehe, aber Vittoria hat mir Ihre Wünsche ziemlich gut erklärt.«

»Ich weiß. Es mag Ihnen seltsam vorkommen, und Sie werden denken, Sie hätten es bei mir mit einer zynischen und rationalen Person zu tun. Was soll eine Geschäftsfrau schon von Kunst verstehen, werden Sie denken. Aber, wissen Sie, ich habe das Bedürfnis, darüber zu reden, denn ich vertraue meiner Intuition, meinem Instinkt und meiner Einfühlungsgabe blind.«

»Und sind Sie jetzt zufrieden?«

»Ja, einigermaßen. Ich kenne viele Künstler hier in New York, und oft sind sie nur Angeber, die einem nichts als Hirngespinste verkaufen und lieber feiern als arbeiten.«

»Keine Sorge, so jemand bin ich nicht.«

Sie seufzte. »Ich glaube, Sie haben recht. Ich habe immer etwas aufbauen wollen und nicht so sehr mein Amüsement im Auge gehabt.«

»Sie waren damit sehr erfolgreich, wie mir scheint«, sagte Tyron und sah sich um.

»Sagen wir, ich war nicht untätig. Aber wer weiß schon, was wirklich wichtig ist …«

Miss Lyons machte eine Pause, dann fuhr sie fort. »Kommen wir zu unserer Angelegenheit. Ihre Agentin hat Ihnen gesagt, was ich mir wünsche, aber ein paar Dinge möchte ich noch genauer erläutern. Ich liebe all diese Orte, denn ich habe einen Teil meiner Jugend dort verbracht, den ich nie vergessen werde. Wo ich nun älter werde, ob ich will oder nicht, habe ich entdeckt, dass die Vergangenheit näher ist denn je. Ich glaube, ich muss das nicht genauer erklären. Aber ich habe das Bedürfnis, meine Beziehung zu dieser Gegend zu vertiefen.«

Tyron hatte, ohne es zu merken, gelächelt.

»Ich weiß, was Sie denken«, fuhr sie fort, »wenn mir so sehr daran liegt, könnte ich hinfahren oder mir dort eine Villa kaufen. Aber nein, mein Leben findet anderswo statt, es sind vierzig Jahre vergangen und ich werde niemals finden, was ich dort suche. Deswegen brauche ich Sie. Ich möchte diese Orte bei mir haben. Ich möchte sie an den Wänden meiner Wohnung in den Hamptons sehen. Sie werden denken, das sei der Größenwahn einer reichen und einsamen Frau, und vielleicht haben Sie Ihre Gründe dafür, aber das ist nicht von Belang. Für mich ist alles viel einfacher: Wenn ich etwas will, versuche ich mit allen Mitteln, es zu bekommen. Und ich glaube, dass Sie unter allen, die ich kenne, für diese Aufgabe am besten geeignet sind. Ich möchte dieses Dorf in meiner Wohnung haben. Ich möchte die Hügel, das Umland, den Geruch, die Atmosphäre. Ich möchte dies alles, ohne mich damit auseinanderzusetzen, dass dies alles vierzig Jahre her ist und es dort nichts mehr für mich gibt, niemanden, der mich kennt oder auf mich wartet. Mir ist klar, dass das für Sie keine leichte Aufgabe ist, ich bin aber überzeugt, wenn es einen auf der Welt gibt, der dies schaffen kann, dann sind Sie es.«

»Im Gunde bitten Sie mich darum, Ihnen Ihre Jugend zurückzugeben.«

»Mehr oder weniger. Und sie muss ewig dauern.«

Tyron hatte ein flaues Gefühl im Magen, ein Gefühl der Angst, hielt das jedoch für ein gutes Zeichen. »Ja, das ist eine faszinierende Herausforderung.«

»Und gut bezahlt dazu. Zu sagen, wie viel, das wäre jetzt nicht angemessen«, schloss die Frau und deutete ein

Lächeln an. »Jetzt möchte ich Ihnen aber nicht länger die Zeit stehlen. Ich hoffe, Sie haben meinen Wunsch verstanden, dass Sie mit ganzer Seele arbeiten.«

Tyron blickte auf die im Raum verteilten fertigen Gemälde. Ja, meine Liebe, Sie werden wohl zufrieden sein, dachte er. Ich will zwar nicht über meine eigenen Werke urteilen, aber wenn Sie etwas mit Seele haben wollen, werden Sie nicht enttäuscht sein. Ich kann mir die Bilder in Ihrer eleganten Wohnung in den Hamptons vorstellen.

Ja, jetzt begriff er den Wunsch von Miss Lyons in seiner ganzen Tiefe. Einen Moment lang hatte er fast Lust, die Bilder zu behalten, sie nach Minnesota mitzunehmen oder dahin, wohin ihn die Zukunft bringen würde. Aber das kam nicht in Frage, denn er hielt stets seine Verträge ein.

Er ging nach draußen, um Vittoria anzurufen. Auch diesmal war es ihm gelungen, Dingen ein Leben einzuhauchen, das er in sich selbst nicht spürte.

Sofia war im Bad von Giulias Wohnung.

»Giulia, kannst du bitte mal einen Moment kommen?«

Die Freundin ging zu ihr und Sofia hielt ihr ein Blättchen entgegen. »Sieh mal, du musst es auch lesen. Ich kann nichts mehr erkennen.«

Giulia las aufmerksam die Anweisung und sagte nichts.

»Und?«, fragte Sofia. »Hast du kapiert, wie es funktioniert?«

Guilia sah sie lachend an und stemmte die Hände in die Hüften.

»Man muss nicht Einstein sein, um das zu verstehen. Also, machen wir es oder nicht?«

»Dann erklär mir, wie es geht, ich bin zu durcheinander.«

»Zwei Striche positiv, ein Strich negativ, kein Strich: Test wiederholen.«

»Bist du sicher?«

»Also, willst du jetzt weiterfragen oder …«

Sofia sagte nichts und folgte den Anweisungen. Sie warteten ein paar Minuten lang wie auf ein Gerichtsurteil. Dann öffnete Sofia die Hand und zeigte das Ergebnis der Freundin.

»Was siehst du?«

»Zwei Striche.«

Das Rosa war so stark, dass gar kein Zweifel bestehen konnte. Sie sahen sich an. Eine saß auf der Toilette, die andere kniete davor. Giulia richtete sich auf und umarmte sie. Beide weinten und lachten gleichzeitig.

»Und was machst du jetzt?«

Sofia dachte an all die Male, in denen sie sich beim Anblick ihrer Schulkinder gewünscht hatte, selbst Mutter zu sein und die Liebe zu spüren, die nur Mütter geben können. Natürlich war in ihren Träumen immer ein Mann zur Stelle, mit dem sie diese Freude teilte. Aber das Schicksal hatte an ihre Tür geklopft, und jetzt war sie bereit, das Kind zu bekommen, um jeden Preis.

»Nichts.«

»Wie nichts?«

»Ich mache nichts, es gibt wenig zu tun.«

Sofias Sicherheit war beeindruckend. Ihre Freundin war verblüfft.

»Und wann willst du es Tyron sagen?«

»Weiß ich nicht.«

Giulia stand auf.

»Wie, du weißt es nicht. Bald musst du es wissen.«

Sofia sah sie ruhig an.

»Nein, ich will nicht, dass er denkt, ich hätte mich schwängern lassen, um ihn an mich zu binden. Oder dass er gegen seinen Willen bei mir bleibt, nur weil ich ein Kind erwarte. Das hatten wir nicht geplant.«

»Aber er ist doch schon mit dir zusammen.«

»Tyron ist nicht verliebt. Immer wenn ich von meinen Gefühlen rede, wird er ganz starr und ich lese Angst in seinen Augen.«

Giulia nahm ihre Hände.

»Willst du es wirklich geheim halten?«

»Ja, solange er nicht sagt, dass er mich liebt, verrate ich ihm nichts.«

»Und wenn er weggeht?«

»Mein Kind wird mit seiner wunderbaren Tante Giulia sehr zufrieden sein. Besser es allein großziehen als mit einem Mann, der nicht überzeugt ist.«

»Also wirklich, mir kommt das ziemlich verrückt vor, aber ich unterstütze dich, wie du weißt, ja immer.«

Sie umarmten sich fest.

OHNE GESICHT

Tyron blieb auf seinem Bett liegen. Er dachte darüber nach, wie sich alles abgespielt hatte, und konnte sich nicht von dem Gefühl befreien, dass er alles vermasselt hatte. Er wäre am liebsten aufgestanden und hinter ihr hergelaufen, doch eine ungeheure Macht hielt ihn auf der Matratze fest.

Ihm kamen Momentaufnahmen von ihren Auseinandersetzungen in den Sinn, vor allem die, in denen er etwas hätte tun können und müssen, um den Gang der Ereignisse nicht aufzuhalten. Immer wieder fiel ihm ein, was Sofia gesagt hatte: ein zertrümmerter Spiegel.

Schon am Telefon mit Vittoria in der besagten Bar hätte er gerne seine Abreise hinausgeschoben, doch ihm fehlte der Mut. »Ruf mich morgen wieder an«, hatte sie eilig wie immer gesagt, »ich buche dir inzwischen so schnell wie möglich einen Flug.«

Dann hatten Sofia und er sich geliebt. Es war eine Art Liebe, bei der sie sich beide voll und ganz hingegeben hatten. Wehrlos und entblößt bis in ihr Innerstes. Eine entwaffnende Liebe.

Sofia hatte gefragt, was das alles zu bedeuten hatte, und eine Antwort verlangt, das war richtig und ganz natürlich. »Kannst du mir sagen, was wir sind?«

Er aber hatte sich benommen wie ein Dummkopf. Mit einem unangenehmen Gefühl im Magen sagte er leise zu ihr, nein, er wisse nicht, wie es um sie stünde.

»Wieso weißt du das nicht?«, fragte Sofia außer sich. »Ich habe keine Lust, meine Zeit damit zu verbringen mich zu fragen, was du mir bedeutest. Ich möchte einfach nur mit dir zusammen sein. Du hast mir beigebracht, dass Glück nicht etwas Abstraktes ist, sondern etwas, das man in den Arm nehmen und so oft küssen kann, wie man will.«

Sie stellten das Radio an und der warme Ton des Bose-Geräts ließ den Kontrast zwischen dem, was war, und dem, was hätte sein sollen, noch größer erscheinen.

Das Radio klang wunderbar, Tyron aber fehlten die Worte, er konnte kaum atmen und kam sich so klein vor wie ein Sandkorn. In seiner großen Unsicherheit fiel ihm nichts Besseres ein, als die Frage zurückzugeben.

»Und wieso weißt du es?«

Vielleicht hätte er gerne eine überzeugende Antwort von ihr gehört, die ihm den Weg gewiesen hätte. Doch sie wich aus.

»Was soll ich sagen? Manche Dinge spürt man eben. Wahrscheinlich hast du recht, es war falsch von mir, daran zu glauben. Ich habe mich von Anfang an geirrt.«

Sie wandte ihm den Rücken zu und versuchte, ihre Tränen zu verbergen. Sie wurde immer schöner, fand Tyron. Er wollte ihre Hand nehmen, doch sie zog sie weg.

So ist es nun mal. Entweder funktioniert alles oder gar nichts.

»Du hast also den Mut, diese Geschichte, die gerade erst begonnen hat, einfach aufzugeben? Du hast den Mut, wegzugehen und mich hier zurückzulassen?«

Er hätte ihr gern widersprochen, ihr die Tränen getrocknet, ihr Gewissheit geschenkt, aber er konnte es nicht. Seine Vergangenheit lastete zu sehr auf ihm.

»Ich weiß, dass es dir nicht gut geht. Das sehe ich deinem Gesicht an. Aber deshalb kannst du mich nicht hinhalten. Vielleicht hast du nie daran gedacht, aber auch ich habe meine Ängste. Auch ich habe Unglück erlebt, aber jetzt habe ich keine Zweifel: Für dich bin ich bereit, mich auf etwas Neues einzulassen. Du aber bist nur bereit, in deinem Selbstmitleid zu schmoren. Ich glaube, die Gelegenheit, aufzustehen und neu anzufangen, geht gerade vorüber.«

Sie hatte recht. Ganz gewiss. Aber Tyron vermochte sich nicht einen Millimeter zu bewegen.

»Ich hab's kapiert. Es ist dir nicht wichtig genug. Du hast keinen Mut. Wir sind wie zwei Parallelen, die einander nahe sind, ohne sich je zu berühren. Das zu erkennen ist schmerzlich, und das umso mehr, da du diese Feststellung mir überlässt.«

Es entsprach der Wahrheit. Er hatte keinen Mut. Nicht einen Funken. Wäre er doch bloß in der Lage gewesen, auszusprechen, was ihn quälte. Sie hätte es verstanden. Und vielleicht hätte sie ihm mit Geduld und Verständnis geholfen. Aber er unternahm nichts.

Er schaute zu, wie Sofia sich anzog und ging. Sie sah aus wie ein zerbrochener Spiegel.

Tyron blieb auf dem Bett liegen. Draußen war es dunkel, drinnen waren lauter Gespenster. Sogar die von hinten gemalte Frau auf seinen Bildern schüttelte unmerklich den Kopf.

Glaubst du, das tust du für mich?, flüsterte sie ihm zu. Mein Schicksal ist besiegelt, du aber kannst deines noch ändern. Vergiss mich, lass mich gehen.

Nein, ich bin nicht bereit dazu.

Natürlich bist du das, im Grunde wirst du es niemals sein. Du musst dich entscheiden, das ist die Wahrheit.

Ich kann es nicht.

Doch, du kannst es.

Nein.

Tyron näherte sich der Frau, um sie zu streicheln.

Langsam drehte sie sich um, ohne ein Wort zu sagen. Seit Jahren hatte er darauf gewartet, ihr Gesicht wiederzusehen, nun erstarrte er vor dem, was sich ihm darbot. Ihre Gesichtszüge waren ausgelöscht.

Tyron wachte schweißgebadet auf. Vielleicht war es die Wahrheit, vielleicht gab es sie nicht mehr.

Die ganze Nacht blieb Tyron so liegen, ohne zu wissen, ob er wach war oder schlief. Er quälte sich mit seiner Vergangenheit. Doch vielleicht würde an diesem tragischen frühen Morgen ein neuer Mensch aufstehen. Mit diesem Trost sank er in tiefen Schlaf.

NICHTS ALS WORTE

Die Zeit bewegt sich nicht immer im gleichen Rhythmus. Sie ist wie ein launischer Gott, und oft entflieht sie einem, ohne dass man es bemerkt. Manchmal allerdings bleibt sie stehen und gibt uns Gelegenheit, das, was geschehen ist, zu überdenken, denn der Augenblick, den man gerade lebt, kann das Leben für immer verändern. Der Bremsweg kann lang genug sein, um vergangene Monate zu durchleben; doch man denkt nur an das, was einem selbst widerfährt, wenn das Auto mit der Schnauze gegen einen Baum prallt und nichts daran zu ändern ist.

Und gerade jetzt, mit all den Hoffnungen und Erwartungen, gerade jetzt, wo man so vollkommen, so überzeugt und auch ein wenig wütend ist wie nie zuvor und niemals einen so weiten und klaren Horizont gesehen hat, sitzt man in einer Behausung fest, die nichts Gutes verheißt. So ein Wahnsinn!

Fünfzehn Minuten früher war Sofia auf dem verlassenen Marktplatz von Cetona aus dem Auto gestiegen. Der Himmel war bedeckt und schien unschlüssig.

Sie ging auf ein dickes Holztor zu und klingelte. Zwei Minuten lang antwortete niemand, dann hörte sie nach mehreren Versuchen endlich Giulias Stimme.

»Wer ist da?«

»Wie, wer ist da? Ich bin's, Sofia. Hast du etwa noch geschlafen?«

Giulia versuchte, wach zu werden und einen sinnvollen Satz zustande zu bringen.

»Ja, aber was willst du denn so früh am Morgen?«

Sofia wusste nicht, ob sie lachen oder wütend sein sollte.

»Wie, was ich will. Ultraschall. Heute ist der Ultraschall-Termin!«

Ein paar Sekunden lang hörte sie nichts. Dann erklang wieder Giulias Stimme.

»Oh Gott, das habe ich ja ganz vergessen! Das ist ja heute! Entschuldigung, ich weiß nicht, was ich sagen soll. Kannst du einen Moment warten? Ich bin gleich da!«

Sofia sah auf die Uhr. »Lass nur. Ich weiß, wie lang bei dir ein Moment dauert. Am Ende kriege ich das Kind noch hier auf der Piazza. Ich fahr schon mal, sonst komm ich zu spät. Wir sprechen uns später.«

»Entschuldige, Sofia, sei mir nicht böse! Bitte ruf mich danach an.«

Sofia ging zu ihrem Auto, schloss die Tür, legte den Sicherheitsgurt an, stellte den Rückspiegel ein und fuhr zum Krankenhaus in das ein paar Kilometer von Cetona entfernte Sarteano.

Während sie die Kurven der kleinen Straße nahm, dachte sie an den bevorstehenden Termin. Sie hatte sich diesen Moment anders vorgestellt: Freudentränen der ganzen Familie, die Anzeigen, ein wunderbares Abenteuer, das sie mit dem Mann an ihrer Seite teilte. Jetzt musste sie alles im Geheimen tun. Dieser Gedanke brachte sie beinahe dazu, den Wagen zu wenden und zurückzufahren. Dass sie das alles allein hinter sich bringen musste, erfüllte sie mit Bitterkeit. Sie hatte sogar ihre Gynäkologin gewechselt, die noch ihre Mutter betreut hatte und bei der sie auch ihre eigenen Kinder hatte zur Welt bringen wollen. Doch es wäre keine gute Idee gewesen, sich der besten Freundin ihrer Mutter anzuvertrauen. In dieser Situation war äußerste Diskretion geboten.

Sie wischte sich mit dem Handrücken die Tränen weg, um besser sehen zu können. Immer wieder sprach sie seinen Namen vor sich hin. Tyron. Vor kurzem noch bedeutete er mir nichts, sagte sie sich. Doch jetzt liegen in diesen Buchstaben meine Freude und mein Schmerz. Es sind nur fünf Buchstaben des Alphabets. Wie können sie nur meine ganze Welt enthalten? Eine Welt, die nichts von mir wissen will.

Sie strich sich über den Bauch und lächelte bei dem Gedanken, dass sie ja gar nicht allein war. Vielleicht würde Tyron nicht mit ihr zusammenleben. Doch er hatte ihr das größte Geschenk gemacht, das ein Mensch zu geben hat.

Sie hoffte, dass er in diesem Augenblick nach ihr rief, außer Atem hinter ihr herlief, um ihr zu sagen, er habe sich geirrt, er wolle sein Leben mit ihr teilen und nicht wegfahren.

Andererseits passierten solche Dinge stets im letzten Augenblick, da war immer einen Zug oder ein Flugzeug zu verpassen, die Trennung gehörte zur Liebe unabdingbar dazu.

Einen Augenblick lang dachte Sofia, ihr Telefon vibriere, doch das bildete sie sich nur ein. Sie warf einen Blick darauf und sah lediglich den Namen des Providers und das Bild mit den Sonnenblumen, das sie vor ein paar Tagen aufgenommen hatte. Auch die Sonnenblumen versteckten sich nun hinter den Buchstaben des Namens Tyron, aber er rief sie nicht an.

Sofia schaute wieder auf die Straße, gerade noch rechtzeitig, um ein paar Meter vor sich einen weißen Ducato zu sehen. Sie hatte zu sehr an das Telefon gedacht, die Kurve zu eng genommen, und so fuhren die beiden Fahrzeuge direkt aufeinander zu.

Instinktiv warf sie das Steuer herum, um den Zusammenstoß zu vermeiden. Sie verlor die Gewalt über ihr Auto und überschlug sich.

Geschenk. Geschenk. Geschenk. Geschenk.

Während das Wort Geschenk nichts anderes mehr ist als eine Aneinanderreihung von Buchstaben, die mir im Kopf herumgeht, versuchen meine Gedanken, einen Platz in der ersten Reihe zu finden. Bilder tauchen auf, verschwinden wieder, unscharfe Bilder, sich auflösende, vergessene Hinweise.

Mein Körper klammert sich ans Steuer, das Quietschen der Reifen will einfach nicht aufhören, die Zentrifugalkraft schleudert mich nach außen und ein Teil von mir freut sich, denn er erinnert sich an das Karussell aus der Kindheit. Ich muss einfach vergessen, dass ich sterben werde, dass dies meine letzte Fahrt im Karussell ist.

Als meine Oma im Krankenhaus lag, umgeben von der Familie, war es, als stolpere sie über ihre eigenen Atemzüge, als sei sie vom Laufen außer Atem, man sah ihrem Gesicht an, dass sie litt. Sie schaut durchs Zimmer, sieht mich an, hält mir ihre knochige Hand hin und drückt mein Handgelenk. Nach Stunden unverständlichen Gemurmels sagt sie etwas, das ich verstehe: »Das Leben ist ein Geschenk.«

Sie prallte heftig gegen den Baum. Die Windschutzscheibe ging zu Bruch, das Auto rollte sich auf, als sei es eine leere Dose. Als der Krankenwagen mit Sirenengeheul losfuhr, schwebte Sofia zwischen Leben und Tod.

KRANKENHAUS

Aldo und Marcella betraten das Krankenhaus im Laufschritt. Die Carabinieri hatten sie gleich nach dem Unfall angerufen und ihnen mitgeteilt, Sofia werde auf schnellstem Wege ins Krankenhaus von Sarteano gebracht. Sie waren entsetzt und machten sich eiligst auf den Weg. Manchmal hilft es, irgendetwas tun zu können.

Am Empfang schickte man sie in den zweiten Stock. Sie liefen durch einen langen Flur und kamen in ein Wartezimmer neben dem OP.

Es war sonst niemand dort und ein Gewirr von Türen, die nur für Mitarbeiter bestimmt waren, trennte sie von Sofia und der Wahrheit.

Endlich kam eine Krankenschwester vorbei. Aldo hielt sie am Unterarm fest.

»Wir sind die Eltern der Frau, die den Unfall hatte. Sie haben uns hierhergeschickt, aber wir erfahren nichts.«

Die Krankenschwester erkannte an dem festen Griff die Angst des Mannes. Sie holte tief Luft und versuchte, ruhig zu bleiben.

»Sie müssen sich noch einen Moment gedulden, ich gehe und frage den Doktor.«

»Sagen Sie doch etwas! Wie geht es ihr? Haben Sie sie gesehen?«

Die Schwester senkte den Blick. »Wir tun unser Möglichstes. Sie hat einen heftigen Schlag gegen den Kopf bekommen. Die Ärzte überlegen, was zu tun ist. Die Lage ist ernst, doch Ihre Tochter schwebt nicht in Lebensgefahr. Ich bin allerdings nicht die Richtige, um Ihnen das alles zu erklären. Ich hole den diensthabenden Arzt.«

»In Ordnung«, sagte Aldo leise und stand wie benommen da, als habe er den Sinn ihrer Worte nicht begriffen. Die Schwester blieb bei ihm stehen.

Marcella ergriff die Hand ihres Mannes, der immer noch den Unterarm der Schwester umklammert hielt. »Wenn du sie nicht loslässt, kann sie den Doktor nicht holen.«

Er nickte und die Schwester verschwand hinter einer der vielen Türen.

Aldo und Marcella waren wieder allein. Sie sagten kein Wort, Zweifel und Angst plagten sie, doch sie sagten kein Wort. Sie setzten sich nebeneinander und hielten sich an der Hand.

Die Zeit war wie eingefroren und die beiden atmeten vorsichtig, aus Angst, eine falsche Bewegung könnte alles verderben. Zehn Minuten später brach Aldo das Schweigen: »Wir werden es schaffen, genau wie alles andere, das wir auch geschafft haben.«

Er hob die Mundwinkel und versuchte, ihr Mut zuzulächeln. Dann kam der Arzt. Aldo hörte seine Stimme wie aus weiter Ferne.

Eine Schienbeinfraktur.

Eine Verrenkung der Schulter.

Zwei gebrochene Rippen.

Ein paar Abschürfungen.

Aldo hatte Mühe, die Worte einzuordnen. Es war, als flögen sie an ihm vorbei.

»Glücklicherweise ist die Wirbelsäule nicht verletzt, auch neurologisch liegt nichts vor. Zuerst waren wir in großer Sorge, es ist aber nicht so schlimm, wie wir gefürchtet hatten. Die nächsten Stunden sind entscheidend für die richtige Prognose«, sagte der Doktor, holte Luft und bemühte sich zu lächeln. Dies waren nur die guten Nachrichten, die schlechte stand ihnen noch bevor.

»Leider muss ich sagen, dass das Kind …«

Diese letzten Worte schlugen bei Aldo ein wie eine Granate.

»Welches Kind?«, fragte Marcella verwirrt.

»Das Kind Ihrer Tochter, Signora. In den ersten Schwangerschaftswochen ist alles sehr empfindlich, das wissen Sie ja, und ein solches Trauma kann zu einer Fehlgeburt führen.«

Die Ferrettis sahen immer erstaunter aus, ganz offensichtlich waren sie nicht auf dem Laufenden. Der Arzt fühlte sich verpflichtet, es ihnen genauer zu erklären. »Ihre Tochter war schwanger. Sie hatte heute einen Termin bei unserem Frauenarzt und war auf dem Weg hierher. Tut mir leid, dass Sie es auf diese Weise erfahren. Jetzt muss ich aber gehen. Wir informieren Sie, sobald wir Neues wissen. Bald können Sie die Patientin sehen. Seien Sie unbesorgt, es wird alles gut gehen.«

Marcella hielt sich eine Hand vor den Mund und gab einen Schmerzensschrei von sich.

Die Ferrettis hatten keine Zeit, über das Geschehene miteinander zu reden, denn Giulia kam herein, die Augen voller Tränen. Marcella umarmte sie und streichelte ihr den Kopf. Giulia holte zwischen zwei Schluchzern Luft, machte sich von Marcella los und sah sie an.

»Es ist alles meine Schuld. Wäre ich mit ihr gefahren, wäre das alles nicht passiert.«

»Was redest du da?«, sagte Marcella, der es guttat, jemand anderen zu trösten.

»Du solltest sie begleiten? Wusstest du denn Bescheid?«, fragte Aldo.

Marcella nahm seine Hand. »Komm, es gibt keinen Grund, sich aufzuregen. Natürlich wusste sie es, sie ist doch ihre beste Freundin! Danken wir lieber dem Himmel, dass Sofia so einen lieben Menschen an ihrer Seite hat …«

»Nein, das ist nicht wahr, ich bin eine Katastrophe, eine miserable Freundin … Ich hätte sie begleiten sollen, aber ich habe verschlafen. Als Sofia kam, war ich noch nicht fertig, und so musste sie allein fahren. Das ist alles meine Schuld, es tut mir so unendlich leid.«

Für Aldo war Giulias Entschuldigung völlig unwichtig. Man sah an seinem Blick, dass er nur eines wissen wollte, und zwar schnellstens.

»Wer ist der Vater des Kindes?«

Giulia erschrak, weil er so laut sprach, und sagte keinen Ton. Das machte den Mann nur noch wütender: »Jetzt sag es mir schon! Du weißt es doch, oder? Du hast wohl nicht begriffen, dass Sofia nur durch ein Wunder überlebt hat und nur der liebe Gott allein weiß, in welchem Zustand sie aus dem Krankenhaus kommen wird. Es ist wirklich zu spät, wie zwei kleine Mädchen Geheimnisse zu hüten.«

Er ging drohend auf Giulia zu. Da fasste Marcella ihn am Arm, stellte sich zwischen die beiden und sah ihn ernst an.

»Sofia ist verliebt. Und sie ist kein Kind mehr. Wenn sie es geheim gehalten hat, dann hat sie ihre guten Gründe. Jetzt hör auf, diese arme Frau zu quälen. Denk lieber nach. Du bist ein Mann und Männer brauchen immer etwas länger, aber überleg doch mal, wie viele Leute Sofia in letzter Zeit getroffen hat.«

Aldo ballte die Faust. Jetzt begriff er. »Tyron Lane. Wieso bin ich nicht gleich darauf gekommen?«, zischte er. »Verflucht sei er! Wir haben ihn aufgenommen wie einen Freund und …«

Marcella versuchte, ihn zu beruhigen.

»Es ist jetzt nicht der Moment, sich über Leute zu ärgern. Denken wir lieber an unsere Tochter, alles andere werden wir noch erfahren.«

»Du hast recht.«

»Ich weiß.«

ZU WENIG UND ZU SPÄT

Und wenn ich wirklich lange genug gelitten habe? Wenn ich mir erlauben könnte, wieder glücklich zu sein, dachte Tyron, als er vor dem Spiegel seine Ringe unter den Augen und die Kummerfalten bemerkte, die schon zu lange auf seinem Gesicht zu sehen waren.

Er hatte wenig und schlecht geschlafen, sich aber an dem Gedanken festgehalten, dass er nun die Talsohle erreicht hatte und mit neuer Kraft nach oben steigen könnte. Jetzt, im durch Müdigkeit hervorgerufenen Schwebezustand, begann er tatsächlich, daran zu glauben. Ich werde Vittoria anrufen und die Abreise verschieben. Ich werde mit Sofia sprechen, ihr alles erzählen. So machen es ja die Liebenden: Sie teilen Freud und Leid. Ich frage sie, ob sie mit mir im nächsten Jahr durch Minnesota ziehen will, aber ich könnte auch darauf verzichten und wir könnten uns dort niederlassen. Oder vielleicht nach Australien gehen. Die Welt ist voller interessanter Orte, es besteht nur die Qual der Wahl. Das Wichtigste ist nicht, wo man ist, sondern mit wem man zusammen ist.

Zum ersten Mal seit langer Zeit fühlte er sich wie ein glücklicher Mensch. Ich habe meine Kunst und jetzt habe ich die Liebe wiedergefunden. Vielleicht ist dies der Moment, den Anker zu werfen. Die Reise ist zu Ende.

Tyron war in der Küche und kochte sich Espresso, als jemand an die Tür klopfte. Einen Moment lang hoffte er, es sei Sofia, auch wenn das Klopfen anders klang als das ihre. Es war ein heftiges, nervöses Klopfen. Wenn es das Schicksal war, hatte es sicher nichts Gutes zu verkünden.

Er öffnete die Tür und vor ihm stand ein gutaussehender junger Mann, blass und mager und in italienischer Uniform.

»Bist du der Maler?«, fragte er unwirsch, und ohne auf eine Antwort zu warten, betrat er die Wohnung und rammte Tyron mit der Schulter.

»Ja, das bin ich und du? Ich würde dich ja gern hereinbitten, wie ich sehe, ist das aber nicht mehr nötig.«

»Es hat nur noch gefehlt, dass du dich hier als Hausherr aufspielst. Du hast schon genug Schaden angerichtet.«

Tyron trat an ihn heran. »Entschuldige, ich wäre lieber vorsichtig. Ich habe keine Ahnung, wer du bist oder was du von mir willst, aber dein Ton gefällt mir ganz und gar nicht.«

In diesem Moment wurde der Unbekannte wütend. Er packte Tyron am Kragen und presste ihn gegen die Wand. »Du hast wohl noch nicht kapiert, dass du verdammt aufpassen musst.«

Tyron versuchte, sich aus dem Griff des Mannes zu befreien. »Lass mich los! Darf ich erfahren, was du willst?«

Doch der Mann drückte ihn noch einmal fest gegen die Wand und schlug ihn, dann ließ er ihn los, und Tyron stand in seinem zerknitterten Hemd wehrlos da.

»Verdammter Hundesohn«, brüllte der Mann und trat wieder näher, um ihm noch einen Schlag zu versetzen. »Hast du genug Courage, mich zu fragen, warum?«

Tyron konnte sich nicht erinnern, ihn je gesehen zu haben, aber der Kerl hatte etwas Vertrautes an sich. Die großen Augen, die er beim Sprechen weit aufriss, die leicht vorstehenden Wangenknochen, die Form des Mundes, das Profil, im Grunde kam ihm das alles bekannt vor. Dann begriff er plötzlich. Wieso hatte er nicht gleich daran gedacht? Das musste Sofias Bruder Andrea sein.

»Ich sehe, du hast schon die Koffer gepackt. Du willst also abhauen. Typisch für euch australische Karnickel.«

Tyron atmete tief durch und ließ sich ein paar Sekunden Zeit, um zu verstehen, woran er war. Der andere schwieg und schien Tyrons Bewegungen zu beobachten.

»Hier liegt bestimmt ein Missverständnis vor, wir haben auf dem falschen Fuß begonnen, und wenn es nur Eifersucht ist, kann ich dir Folgendes sagen: Deine Schwester ist erwachsen, hat alle Impfungen bekommen und kann sich frei entscheiden, wie sie leben will. Halte von mir, was du willst. Aber ihre Entscheidung geht dich nichts an. Wenn es dir so wichtig ist, warum versuchst du dann nicht herauszufinden, was sie denkt, bevor du über mich herfällst. Sie kann sich doch selbst wehren.«

Bei diesen Worten versuchte Andrea erneut, ihn zu schlagen, diesmal mit der anderen Faust. Aber Tyron wich ihm aus, ging zum Gegenangriff über und versetzte ihm einen Stoß.

»Nimm deine Hände weg, du elender Wurm! Du hattest ja nicht mal den Mut, sie zu begleiten. Durch deine Schuld ist Sofia im Krankenhaus. Du bist ein Feig…«, brüllte er.

Tyron erschrak und trat einen Schritt zurück.

»Im Krankenhaus?«

»Ja, genau, im Krankenhaus. Wenn du deiner Verantwortung gerecht geworden wärest, dann wärst du mit ihr zu dem Termin gefahren. Dann ginge es Sofia jetzt gut, es hätte keinen Unfall gegeben und sie hätte nicht beinahe das Leben verloren.«

»Was redest du für einen Unsinn, du Idiot?«, fragte Tyron drohend.

»Ich sage, dass meine Schwester heute fast bei einem Autounfall ums Leben gekommen wäre, durch deine Schuld, weil sie allein ins Krankenhaus gefahren ist, um zu erfahren, ob es deinem Sohn gut geht!«

Andrea hatte ihm das in einem Atemzug ins Gesicht gebrüllt. Tyron erstarrte. Diese Worte trafen ihn heftiger als der Schlag von vorhin.

Er war erschüttert und brachte kaum ein Wort heraus. »Mein Sohn? Ich wusste nichts davon. Ich wusste nichts von einem Kind! Und jetzt?«

Endlich begriff Andrea, dass der Maler tatsächlich keine Ahnung hatte.

»Sofia ist anscheinend außer Gefahr. Aber das Kind … hat es nicht geschafft.«

Tyron war, als würde er von einer dunklen Schlammlawine überrollt, jede Armbewegung war unendlich mühsam. Es war schlimmer als Meerwasser, es war Treibsand. Die Vergangenheit brach in die Gegenwart ein und vergiftete sie mit ihrem Todesgeruch, ein sadistischer Gott murmelte ihm ins Ohr: Dachtest du, du könntest dich befreien? Deine Tragödie wird nie zu Ende sein.

»Ich muss zu ihr. In welchem Krankenhaus ist sie? Wie kommt man dorthin?«

Andrea überlegte einen Moment, gab sich einen Ruck und sagte dann: »Komm mit, wir fahren zusammen, ich muss auch hin.«

Sie stiegen in Andreas schwarzen Golf und fuhren los. Tyron, der sich im Auto nie besonders wohlfühlte, stemmte die Füße nach vorn, als müsste er auf ein imaginäres Gaspedal treten. Beide wollten so schnell wie möglich das Krankenhaus erreichen. Zwischen ihnen herrschte tiefes, undurchdringliches Schweigen, und keinem von ihnen gelang es, den Bann zu brechen. Andrea wusste, dass er Tyron etwas sagen musste.

»Es tut mir leid, entschuldige, dass ich dich angegriffen habe, aber ich mache mir große Sorgen.«

Tyorn zuckte die Achseln. Er wollte sich nicht mit diesem Mann anlegen. Seiner Meinung nach war das Schicksal an allem schuld.

Andrea hielt vor dem Krankenhaus. »Geh schon hinein, ich parke den Wagen, wir sehen uns drinnen.«

Tyron nickte und stieg aus dem Auto. Beide waren erleichtert, dass sie nicht länger zusammenbleiben mussten.

Als er die Treppe zur neurologischen Abteilung hinauflief, in der Sofia lag, begegnete Tyron Giulia, die auf einer Stufe saß und ihr Gesicht auf den Knien verbarg.

»*Ciao*, Giulia.«

»*Ciao*, Maler.«

Er setzte sich neben sie.

»Wie geht es ihr?«

Sie antwortete, ohne ihn anzusehen. »Sie wird es schaffen. Der Sicherheitsgurt hat sie gerettet. Seltsam, früher hat sie ihn nie angelegt.«

»Wie konnte das passieren?«

»Man weiß es nicht. Ablenkung, Unwohlsein, Schicksal. Ich hätte mit ihr fahren müssen.«

»Nein«, sagte Tyroin, »ich hätte es tun müssen. Ich gehe jetzt zu ihr.«

»Tyron«, rief sie, »es tut mir leid wegen des Kindes.«

»Ja«, sagte er mit einem bitteren Lächeln. »Als Vater hatte ich noch nie Glück.«

Giulia ging nicht auf diese letzten Worte ein, stand auf und sagte: »Immerhin ist die Mutter des Kindes noch am Leben.«

Ohne sich umzusehen, lief er weiter die Stufen nach oben und verschwand. Als er an die Tür klopfe, rief Marcella ihn herein.

Sofia lag im Bett, den Kopf in einem riesigen Verband. Eines ihrer Augen war schwarz umrandet, das

Gesicht voller Schrammen. Durch die Nase erhielt sie Sauerstoff, durch einen Tropf lief Flüssigkeit in eine Vene.

Sie war bei Bewusstsein und bedeutete ihrer Mutter mit einer Geste, sie mit Tyron allein zu lassen. Marcella gehorchte und zwinkerte im Hinausgehen Tyron wohlwollend zu.

Giulia hatte ihnen gesagt, dass er nichts von Sofias Schwangerschaft gewusst hatte, und so war er in ihren Augen wenigstens teilweise rehabilitiert. Marcella ging zu ihrem Mann in die Krankenhauskapelle.

Tyron trat ans Bett und wollte Sofias Hand nehmen, sie entzog sie ihm jedoch.

»Warum hast du mir nicht gesagt, dass du ein Kind erwartest?«

Sie drehte sich mühsam um, sah ihm in die Augen und versuchte zu antworten.

»Was hätte das genützt? Ich wollte dich nicht wegen unseres Kindes an mich binden.«

»Aber ich liebe dich!«

Es war so leicht auszusprechen, dass Tyron sich wunderte, es nicht früher getan zu haben. Er bedauerte das jetzt zutiefst. Hätte er von Anfang an auf sein Herz gehört, läge Sofia nun nicht in diesem Krankenbett und das Kind wäre noch am Leben.

Andrea hatte recht, alles war nur durch seine Schuld passiert.

Es war seine Angst, die verfluchte Angst, mit einer Frau nicht glücklich zu werden.

Er hatte Lust, es wieder und wieder zu sagen. Er hatte viel zu lange alles getan, damit diese Liebe sich aus seinen absurden Ängsten befreien konnte, und jetzt würde er es immer wieder sagen.

»Ich liebe dich, Sofia, ich liebe dich.«

Sofia lächelte, aber ihr Lächeln war ohne Leben.

»Das sagst du nur, weil du dich schuldig fühlst. Du musst mich nicht …«

Tyron trat noch näher ans Bett heran und versuchte, sie vom Gegenteil zu überzeugen. Seine Stimme war heiser, so gerührt war er.

»Du irrst dich. Es ist wahr, dass ich mich schuldig fühle, aber nur weil ich so lange gewartet habe, bis ich dir sagte, dass ich in dich verliebt bin.«

»Das ist keine Liebe, das ist Mitleid.«

Tyron war erschüttert von diesen Worten und sah sich um, als suche er etwas, das ihm helfen könnte.

»Bitte sag mir, wie ich dich überzeugen kann. Ich liebe dich, ich habe dich immer geliebt, von dem Moment an, in dem ich dich zum ersten Mal sah.«

Tränen liefen Sofia übers Gesicht, und einen Moment lang dachte er, dass sie ihm glaube. Doch was sie dann sagte, erstickte all seine Hoffnung im Keim.

»Geh fort. Geh nach Australien, Minnesota oder sonst wohin. Ich will dich nie wiedersehen.«

Er trat ein paar Schritte zurück, völlig verdattert und verwirrt.

»Warum bist du so zu mir?«

Sofia brauchte eine Minute, um zur Ruhe zu kommen. Durch den Zorn sah ihr Gesicht noch wesentlich schlimmer aus. Sie blickten sich an, ihre Augen waren gerötet.

»Tyron, deine schönen Worte bedeuten mir nichts. Es ist zu spät. Du weißt ja gar nicht, wie sehr ich darauf gewartet habe. Aber jetzt ist der richtige Zeitpunkt vorbei. Es tut mir leid, aber so ist es. Unsere Geschichte wird für dich nichts sein als die Erinnerung an einen Sommer, der ganz anders war als die anderen. Für mich hingegen …«

Ihr versagte die Stimme, aber sie konnte nicht weinen.

Er nahm ihre Hand und kniete sich neben das Bett. »Ich bitte dich um Entschuldigung. Du musst mir verzeihen. Ich habe zu lange gebraucht, um es zu begreifen. Du bist meine Zukunft.«

»Jetzt trauerst du allem nach. Gestern hätte mir die Hälfte genügt. Heute würde das Doppelte nicht reichen …«

»Nein, sprich nicht so. Du bist erschüttert, wütend, das verstehe ich ja, aber …«

»Nein, Tyron. Ich bin nicht wütend. Das ist doch gerade das Problem. Ich bin dir nicht böse, kann es gar nicht sein. Du liebst mich nicht, das habe ich verstanden. Es ist sinnlos, sich einzubilden, es wäre anders, und sich etwas vorzumachen.«

»Sofia, hör mich an. Ich habe eine schwierige Vergangenheit, deshalb konnte ich mich nicht auf unsere Liebe einlassen, ich konnte nicht mal darüber sprechen. Jetzt bin ich bereit dazu und will alles mit dir teilen.«

»Tyron, es ist zu spät. Du ahnst gar nicht, wie gern ich deine Geschichte gehört hätte. Aber jetzt bin ich müde, ich brauche Sicherheit, jemanden, auf den ich mich verlassen kann. Ich habe meine Eltern, Giulia und Andrea, er ist wieder hier, weißt du das schon?«

»Ja, wir haben uns bereits kennengelernt.«

»Auch ich musste mit meiner Vergangenheit fertig werden. Vielleicht war sie nicht so schwierig wie deine, aber auch ich hatte den Glauben an die Liebe verloren. Mit dir habe ich mich wieder darauf eingelassen. Wenn man jemanden liebt, hat man keine Angst davor. Du kannst mir deshalb erzählen, was du willst, deine Liebe war nicht stark genug, um deine Angst zu überwinden. Man soll sich nicht aus Gewohnheit lieben, oder weil es zweckmäßig ist oder weil man den anderen nicht leiden sehen will. Man muss lieben, weil man nicht anders kann. Wenn du mich lieben willst, dann nur deshalb, weil du nicht anders kannst.«

Für einen Augenblick hoffte sie, dass Tyron nun endlich bereit war, nachzugeben, und den Mut aufbrachte, sein Herz zu öffnen und ihr alles zu erzählen. Aber auch jetzt schwieg er. Daraufhin drehte Sofia sich ohne jedes weitere Wort um und wandte ihm den Rücken zu.

»Dann ist wohl nichts zu ändern, und ich gehe, wenn du darauf bestehst«, flüsterte Tyron.

»Ja. Du wirst bald sehen, dass die Zeit vergeht und die Menschen alles schnell vergessen. So wird es auch uns gehen. Und jetzt lass mich bitte allein. Ich bin müde und will mich ausruhen«, entgegnete Sofia und sah dabei aus dem Fenster.

»Also gut, wie du willst. Ich kann einfach nicht glauben, dass es so mit uns endet. In einem Punkt hast du recht: Dieser Sommer ist anders als alle anderen. Er ist es, weil ich entdeckt habe, dass ich noch fähig bin, mich zu verlieben. Ich liebe dich, Sofia, ob du es glaubst oder nicht. Lebwohl.«

Er öffnete die Tür, ging hinaus und schloss sie so schnell wieder, dass er gar nicht merkte, dass Sofia angefangen hatte zu weinen und zwischen zwei Schluchzern flüsterte: »Ich liebe dich auch, Tyron. Ich liebe dich auch.«

Kaum hatte er das Zimmer verlassen, da begegnete er Marcella, die ihn aufmerksam betrachtete. Er ging ihr entgegen und versuchte, sich seinen Kummer nicht anmerken zu lassen.

»Leben Sie wohl, Marcella. Es war mir ein Vergnügen, Sie kennenzulernen. Ich danke Ihnen für alles.«

»Wollen Sie etwa abreisen?«

»Ja, ich möchte es zwar nicht, aber Sofia will es, und dagegen kann ich nichts tun.«

Die Signora Ferretti hatte gehofft, dass sich die Dinge anders entwickeln würden, aber offenbar war es nun so gekommen, und dagegen konnte sie nichts tun.

»Vielleicht wollte das Schicksal, dass es so passiert.«

»Davon bin ich nicht überzeugt.«

Sie ahnte, wie schwer es ihm fiel, ihr seine Gefühle zu verbergen, verabschiedete sich dann jedoch schnell, um nichts Unpassendes oder Überflüssiges zu sagen.

»Ich wünsche Ihnen alles Gute. Vielleicht sehen wir uns eines Tages wieder, manchmal bringt die Zeit alles in Ordnung, und es ist schwer, für immer dieser Gegend fernzubleiben, wenn man sie einmal kennengelernt hat.«

Tyron lächelte ihr zu und drückte ihr fest die Hand.

»Vielleicht …«

»Auf Wiedersehen, Signor Lane.«

Marcella sah ihm nach, wie er den Flur entlangging und schließlich im Aufzug verschwand.

Der Gesang einer Nachtigall kündigte an, dass es Nacht wurde. Seine Rückkehr nach Cetona war etwas abenteuerlich, denn er hatte kein Taxi gefunden und lief über die Landstraße nach Hause, weil er meinte, es würde ihm guttun, zu Fuß zu gehen. Irgendwann, als er merkte, dass der Weg weiter war, als er gedacht hatte, hörte er ein Auto neben sich bremsen. Giulia winkte ihm durchs Fenster zu und ließ ihn einsteigen. Um nicht aufdringlich zu sein, stellte sie ihm keine Fragen, setzte ihn vor der Tür ab und verabschiedete sich mit einer festen Umarmung.

Jetzt erschien ihm die Abenddämmerung wie eine Metapher seines Lebens: Er hatte in den Farben des Sonnenuntergangs einen Augenblick des Triumphes erlebt, aber erst jetzt bemerkte er, welches Dunkel auf ihn wartete.

Er ging zu den Bildern, die an der Wand lehnten, und kniete sich hin. Die Frau auf den zehn Bildern würdigte ihn keines Blickes. Doch es gab keinen Grund, sie zu tadeln, sie hatte sich woanders hingewandt, und das war richtig so; dumm war nur, dass er so lange gebraucht hatte, um es zu begreifen. Er begann heftig zu weinen und befreite sich von seinem Schmerz.

Er ballte die Fäuste, schlug den Kopf auf den Boden. Er wollte sich bremsen, aber das Weinen schüttelte ihn. Er biss sich so heftig auf die Lippe, dass sie blutete. Ein paar Blutstropfen fielen auf den Terracottaboden und bildeten mit der Maserung zusammen eine seltsame Zeichnung, ein abstraktes Aquarell. Erschöpft vor Müdigkeit und Anspannung lehnte er sich mit dem Rücken gegen die Wand und schlief sofort ein.

Mitten in der Nacht wachte er mit heftigen Rückenschmerzen auf. Er sah auf die zehn für Miss Lyons gemalten Bilder und wusste nicht, ob er ihr für den Auftrag danken oder sie verfluchen sollte. Da kam ihm die Idee. Er warf einen Blick auf die Wanduhr. Ja, er hatte noch Zeit, bis die Sonne aufging.

Er nahm eine Palette, Farben und Pinsel. Er zog sein Hemd aus und begann zu malen. Diesmal würde alles ganz anders sein. Kein Auftraggeber, keine zu erfüllenden Wünsche. Nur ein Liebespfand für eine Frau, der es gelungen war, seine Seele mit all dem zu füllen, das man braucht, um sich lebendig zu fühlen.

Langsam und vorsichtig entfernte er die von hinten gezeichnete Frau von den zehn Bildern und malte an ihre Stelle Sofia im Profil, die auf seine Landschaften blickte. Der Betrachter sah etwas von ihrem Gesicht. Der Unterschied war minimal, aber für ihn von großer Bedeutung.

Kurz vor Sonnenaufgang war er fertig, müde, aber zufrieden. Er betrachtete seine Werke, freute sich, dass sie gelungen waren, und wischte sich die Hände mit einem Lappen ab, den er danach in den Mülleimer warf.

Er war nun zur Abreise bereit, nahm den Hammer und ein paar Nägel, die er bereitgelegt hatte, ging zu einer Wand und hängte seine Bilder auf. Ins Schlafzimmer hängte er Sofias Porträt, die Leinwand, die ihn befreit hatte. Und natürlich ließ er auch seine Mundharmonika zurück. Dann ging er mit seinem Rucksack zur Tür und drehte sich ein letztes Mal um, um die wunderbare Sofia anzusehen.

Als er ins Sonnenlicht trat, war er für einen Augenblick wie blind. Er wandte sich noch einmal lange um, damit er sich den Ort, an dem er eine kurze, aber unvergessliche Zeit verbracht hatte, einprägen konnte. Er schloss die Augen und atmete tief die Gerüche ein, die ihm inzwischen so vertraut waren. Dann warf er die Schlüssel in den Briefkasten, sagte Cetona zum letzten Mal Lebewohl und ging über die Straße, auf der er vor langer Zeit, mitten im Monat Juni, hergekommen war.

DIE LIEBE IN DEINEN AUGEN

Die Monate verstrichen. Der Sommer ging zu Ende und melancholisch hielt der Herbst Einzug. Auch er ging vorüber, ohne dass es zu geologischen Katastrophen kam, und schweigend nahm schließlich der Winter seinen Platz ein.

Die Zeit floss nur träge dahin, zäh wie Schlamm. Sofias Körper hatte sich langsam erholt, sie unterrichtete wieder und lebte in ihrer früheren Routine, aber in ihrer Seele litt sie noch. In einer anderen Lage wäre sie vielleicht gut mit dem Ende dieser Liebe fertig geworden, doch die Trauer um das verlorene Kind raubte ihr jede Antriebskraft. Es gelang ihr nicht, das kurze Glücksgefühl, das sie auf so unverdiente Weise wieder verloren hatte, zu vergessen. Sie gab sich Mühe, öfter zu lächeln, damit sich ihre Freunde und Familie keine Sorgen machten, aber manchmal sah sie einfach keinen Grund weiterzumachen. Wenn sie sich dabei überraschte, nicht mehr leben zu wollen, erwachte ihr Verantwortungsgefühl gegenüber dem Leben und sie unterdrückte das Gefühl, aber bald überkam sie wieder tiefe Melancholie.

Marcella machte sich Sorgen, wollte ihre Tochter jedoch nicht zwingen, über die Dinge zu reden. Sie blieb in ihrer Nähe und achtete darauf, ob sie vielleicht Hilfe brauchte. Mehr konnte sie nicht tun.

Sie verlebten Weihnachten in aller Stille, ohne teure Geschenke und Einkäufe in der Stadt, sie rückten enger zusammen und warteten auf bessere Zeiten.

Andrea teilte ihnen mit, dass er jetzt wieder bei ihnen leben wolle. Er wollte bei der Familie sein, wenn sie ihn brauchte. Als Sofia Giulia davon erzählte, schien diese nicht überrascht zu sein, hatte ein seltsames Lächeln auf den Lippen, sagte aber nichts.

Mit dem neuen Jahr kam der Schnee. Cetona war noch reizender als sonst, ganz in Weiß gekleidet, mit der Schönheit einer Braut, die nur kurze Zeit anhält und nichts Alltägliches hat. In der Luft lag eine seltsame Euphorie, als kehre die Kindheit zurück.

Andrea und Giulia bauten vor dem Haus einen Schneemann. Zuerst war es nur ein Spaß, dann wurde Ernst daraus, wie es oft bei Spielen der Fall ist. Sie arbeiteten fieberhaft, bis es fast dunkel war.

Marcella brachte ihnen heißen Tee. Es war schön draußen in dem bläulichen Licht, und es begann wieder zu schneien. Der Schneemann mit der Möhre als Nase, seinem Schal und dem Hut hatte etwas zärtlich Melancholisches.

Für Sofia sah er aus wie der Inbegriff der Kindheit, magisch und flüchtig, bald würde er wieder verschwinden und doch eine Erinnerung zurücklassen. Sie vergaß diese Tage nie und der Schneemann wurde für sie zum Botschafter einer möglichen Zukunft.

Abends legte sie sich ins Bett und hatte zum ersten Mal seit Monaten das Gefühl, dass alles wieder besser werden würde.

Weihnachten war vorbei, doch Sofia wachte auf, als erwarte sie unter dem Christbaum eine Überraschung. Natürlich lag dort nichts, aber sie war erwachsen genug, um zu wissen, dass dieses Gefühl kostbarer war als jedes Geschenk. Vielleicht beschloss sie deshalb, ihren Mut in beide Hände zu nehmen und in der Wohnung der Oma vorbeizuschauen, wo noch der Geist von Tyron hauste. Ihre Eltern hatten ihm damals im Sommer vorgeschlagen, dort dauerhaft zu wohnen, hatten aber nicht zu sehr darauf beharrt, weil sie begriffen hatten, dass er große Schwierigkeiten mit sich selbst hatte. Sie kamen erst wieder auf die Wohnung zu sprechen, als Andrea ankündigte, von jetzt an in Cetona leben zu wollen, und vorschlug, er und Sofia könnten sich die Wohnung wie früher teilen.

Als sie hineinkam, überfielen sie die Erinnerungen, aber es war eher bewegend als schmerzlich. Im Schlafzimmer hing noch ihr Porträt. Es konnte gestern oder vor Jahrhunderten gewesen sein: eine ewige, weit entfernte Gegenwart, klar und messerscharf. In letzter Zeit waren die Gedanken an Tyron zwar immer da gewesen, allerdings nie besonders konkret geworden; es war, als wäre er tot. Doch jetzt wurde Sofia klar, dass er, wenn nichts Schlimmes passiert war, lebte und tausende Kilometer von ihr entfernt irgendetwas tat, von dem sie nichts wusste. Dieser einfache Gedanke machte sie betroffen, aber sie zog keine Schlüsse daraus. In letzter Zeit zog sie nie irgendwelche Schlüsse, denn aus ihnen ergaben sich nur wieder neue Fragen.

Sofia kehrte in ihre Wohnung zurück und sah auf die Uhr. Ihre Eltern waren mit Andrea in Siena und würden erst am Nachmittag wiederkommen. Es machte ihr nichts aus, allein zu sein. Sie kochte sich Tee und erfreute sich an der schönen Aussicht. Wenn Liebe Berge versetzen kann, wieso ist es mir nicht gelungen, einen einzelnen Mann zu bewegen? Bei diesem Gedanken konnte sie die Tränen nicht mehr zurückhalten, und sie liefen ihr über die Wangen bis zum Rollkragen, ohne dass sie einen Schluchzer von sich gab. Hatte sie vom Schicksal zu viel verlangt? Sie hatte sich doch eigentlich nur gewünscht, dass die Liebe seine Augen hätte.

UNTERBROCHENE STIMMEN

Sofia,

wie süß klingt dein Name, ich sage ihn mir in Gedanken immer wieder, und auch wenn ich es nicht tue, genügt ein Augenblick der Stille, damit er in meinem Kopf erklingt, wie nicht nachlassender Wind.

Ich liebe dich und habe das Gefühl, dass mich alles zu dir zieht, über mühsame und unbegreifliche Wege, die auch dornig und beschwerlich sind. Ich liebe dich seit dem ersten Moment, in dem ich dich gesehen habe, als du so verblüfft und wütend warst. Vielleicht liebte ich dich sogar schon, als ich dich noch gar nicht kannte, weil du eines jener Geschöpfe bist, denen man nicht mal in Träumen begegnet, über die man nicht zu reden wagt. Ich liebe dich, wollte es mir aber nicht eingestehen. Ich glaubte, ich sei noch nicht bereit dazu, dachte, das würde ich niemals sein. Eigentlich aber war ich es und hatte nur auf dich gewartet.

Ich habe gegen die Idee, dass ich dich liebe, angekämpft, vielleicht weil ich mich lieber von der Trauer quälen lassen wollte, die mich wie eine schwere Eisenkugel am Fuß festhielt und mein Sichtfeld einschränkte. Dies gab mir Sicherheit. So hatte ich einen Grund, mich mit der Welt im Einklang zu fühlen, ich hatte einen Vorwand, das Spielfeld nicht mehr zu betreten und das Leben von außen zu betrachten, gewillt, alles und jeden zu kritisieren. Ich hatte jede Freiheit aufgegeben, sogar die, mir das, was ich malte, selbst auszusuchen. All dies habe ich durch deine Hilfe verstanden, hier in der Ferne. Jetzt bin ich hier und versuche, alles, was ich anfange, gut zu machen. Ich unterrichte, wie ich es noch nie getan habe, ich habe endlich begriffen, welchen Sinn es hat, und vor allem male ich so, wie ich nie zuvor malte, glaube ich. Sofia, du hast mich aus meiner Starre befreit.

Aber kaum jemand macht sich das Leben so schwer, wie ich es tue, und deshalb habe ich zu lange gebraucht, um mir über meine Gefühle klar zu werden und zu beschließen, mich dir gegenüber zu öffnen. Wie du mir deutlich gesagt hast, ist es zu spät …

Dein Unfall hat sich unserer Liebe bemächtigt. Er hat uns genommen, was das Schicksal für uns vorbereitet hatte. Als du mich weggeschickt hast, bin ich mit hängenden Ohren gegangen und dachte, es sei meine Schuld und dass die Liebe sich rächt, wenn man sie nicht wahrhaben will. Liebe ist etwas Heiliges und muss anerkannt werden, ich aber habe das Gegenteil getan, blind, wie ich war, habe ich sie mit Füßen getreten und sie verächtlich von mir gewiesen. Diese Verachtung habe ich dann selbst zu spüren bekommen.

Ich bin wieder in eine Falle geraten. Auf den Unfall folgte ein weiterer; ich war überzeugt, dass die Vergangenheit mich immer noch verfolgte, und hatte etwas Wichtiges vergessen, das Giulia mir auf der Treppe im Krankenhaus gesagt hatte. Du bist am Leben!

Wie einfach, du lebst. Und wenn du lebst, kann ich mir aussuchen, ob ich Sklave des Schattens meiner Vergangenheit werden oder hinaustreten will ans Licht, um dich zu suchen.

Lass mich dir sagen, was ich dir gleich hätte erzählen sollen. Es ist schwer, aber es ist nichts im Vergleich zu meinem Wahn, dies alles jahrelang für mich zu behalten und mit niemandem darüber zu sprechen.

Es gab eine Zeit, in der ich eine Frau liebte, ohne Angst und Vorbehalte. Sie hieß Georgia. Wir hatten eine Tochter. Ich liebte sie beide wie mich selbst und war glücklich. Bis zu jenem Morgen …

An jenem Morgen sollte ich Christina in den Kindergarten bringen, doch es rief jemand von der Kunstgalerie an, in der ich eine Ausstellung hatte. Er sagte, ein wichtiger Sammler sei bei ihm, der mich unbedingt kennenlernen wolle. So ließ ich Georgia das Mädchen begleiten. Wir fuhren gleichzeitig los, sie zum Kindergarten, ich zur Galerie. Als ich dort anlangte, kam mir der Galerist entgegen und blieb ein paar Schritte von mir entfernt stehen. Seinen Blick werde ich nie vergessen. In seinen Augen sah ich einen Schmerz, der für alles Unglück der Welt ausgereicht hätte, die Ungerechtigkeit, von der er eben erfahren hatte, war zu groß. Er sagte nur: »Deine Frau …«

An das, was in den Stunden danach geschah, kann ich mich kaum erinnern. Krankenhaus, Ärzte und der Besuch von Bekannten.

Ein Lastwagen war ins Schleudern gekommen, war auf die Gegenfahrbahn geraten und hatte sie überfahren. Ich hätte in dem Auto sein müssen. Es hätte niemand dort sein sollen. Ich hätte sie wenigstens küssen sollen, dann wären sie erst später an die Stelle gelangt.

Der Friedhof war in Nebel gehüllt, der aus der Erde zu kommen schien. Hie und da lagen Steine, die wie aus dem Nichts gekommen waren. Ich stand vor den Särgen, ich war im Nichts verloren und konnte nicht weinen. Ich hatte keine Tränen mehr. Ich war vollkommen schutz- und willenlos und konnte nichts mehr tun.

Die Stimme von Pater Jonathan mischte sich mit den Klagen der Verwandten und engsten Freunde. Als alle gingen, gab ich mich meiner Verzweiflung hin, fiel vor dem Grab auf die Knie und spielte zum letzten Mal auf meiner Mundharmonika, die ich dann am Grab der Frauen, die ich am meisten im Leben geliebt hatte, liegen ließ. Ich blieb dort endlos lange, selbst als es heftig zu regnen begann und sich die Erde am Grab in Schlamm verwandelte, ging ich nicht nach Hause. Schließlich kam der Friedhofswärter und sagte, er müsse nun schließen. Ich könnte am nächsten Tag wiederkommen. Am Abend brachte mir mein Schwiegervater die Mundharmonika und sagte, es seien so viele schöne Augenblicke in den Klängen des Instruments verborgen und es sei eine Sünde, es zu verlieren.

Ich weiß gar nicht, wie ich die nächste Zeit überstanden habe. Ich wollte gar nicht weiterleben. Ich wollte zu ihnen, und ich hoffte, dass es mir gelingen würde. Ich überlegte, dass ich nur aufs Gaspedal zu treten und auf die uralte Eiche zuzurasen brauchte, die mich herausfordernd ansah. Das würde genügen, doch es gelang mir nicht, und ich hatte nichts davon als weitere Schmerzen und eine Narbe.

Ich glaube, dass sich Kummer auflöst und uns in kleinen Dosen verabreicht wird, durch die man sich schlecht fühlt, ohne daran zu sterben. Oder wir sind in der Lage, mehr zu ertragen, als man sich vorstellen kann. Ich kam nicht davon los. Alles erzählte mir ständig von ihnen und ich wurde fast wahnsinnig. So folgte ich dem Rat von Vittoria, meiner Agentin und Retterin, es war eher ein Befehl als ein Rat. Ich nahm verschiedene Aufträge an. Ich floh durch die ganze Welt und fand so meinen Weg. Die Instabilität gab mir paradoxerweise eine Art Gleichgewicht und ich wurde zu dem, den du kennst. Farbe und Pinsel waren meine einzigen Reisegefährten, ich war auf der Suche nach etwas, von dem ich nichts wusste.

Eines Tages besuchte ich das Museum of Modern Art in New York und blieb vor einem Gemälde von Andrew Wyeth stehen: Christinas Welt. Man sieht darauf eine Frau von hinten auf einer Wiese, die in die Ferne blickt, zu einem Bauernhof auf einer Anhöhe. Der Betrachter spürt ihre melancholische Einsamkeit. Genau dieses Gefühl hatte ich *jedes Mal, wenn ich versuchte, meine Frau zu malen. Und die Frau auf dem Bild heißt auch noch so wie meine Tochter.*

Seitdem habe ich auf jedem Bild Georgia von hinten dargestellt, und so entstand meine Signatur.

Ich wurde zu einem Verfechter der Einsamkeit. Es war zu schlimm, die Menschen, die ich geliebt hatte, zu verlieren, und ich sagte mir, es lohne sich nicht, es noch einmal zu versuchen. Als Georgia und Christina mich verlassen hatten, war ich überzeugt, dass meine Fähigkeit zu lieben mit ihnen verschunden war. Seither wusste ich, wenn ich morgens erwachte, dass mein Leben nur noch darin bestand, auf den Sonnenuntergang zu warten und zu atmen. Mehr gab es für mich nicht mehr.

Dann aber war ich eines Tages bereit, eine Auftraggeberin persönlich zu treffen, was ich normalerweise nie tue. Hat dort der Befreiungsprozess und damit der Weg zu dir begonnen? Heute bin ich wieder allein, vielleicht weil man in jeder ernsten Liebesgeschichte an einem bestimmten Punkt allein ist, aber mein Herz gehört dir, ob du es willst oder nicht, und ich bitte dich, mir zu verzeihen und dich wieder auf mich einzulassen.

Ganz der deine,

Tyron

Nachdem er diesen Brief zum x-ten Mal durchgelesen hatte, blickte er auf, ohne etwas Bestimmtes zu sehen. Er hätte noch Stunden länger so verharren können, wenn nicht der Geruch von Kaffee ihn aufgerüttelt hätte.

Tyron legte die Blätter mit zitternder Hand auf den Tisch und ging in die kleine Küche, wo die Espressomaschine stand, die er sich gekauft hatte, als er seine Liebe zu Italien und besonders zu einer Italienerin zu Grabe trug. Dieser Brief war zur Obsession geworden. Er hatte monatelang darüber nachgedacht, hatte ihn müde zur Seite gelegt und war dann so weit gegangen, ihn Vittoria zu mailen, damit sie die Sprache korrigierte.

Sofia hatte ihn nie erhalten, weil Tyron noch nicht den Mut gefunden hatte, ihn ihr zu schicken.

Manchmal bleibt die Liebe trotz all ihrer Energie im Sumpf stecken, wie ein Auto, das auf den falschen Weg geraten ist.

EIN LANGER, DORNIGER WEG

Der Park, in dem die Universität von Minnesota lag, war schneebedeckt. Diese Winter waren rauer als die der Jahre zuvor, und für Minneapolis, das schon unter normalen Umständen eine der kältesten Städte der USA war, wollte das was heißen.

Die Fenster des Hörsaals im Department Kunstgeschichte waren völlig beschlagen, wegen des Atems der Mädchen, die sich darum rissen, die Vorlesungen des düsteren Tyron Lane zu hören, in den sie verliebt waren.

Seit er wieder unterrichtete, hatte sich die Zahl der Studenten erheblich vergrößert. Unter tausend Studentinnen war mindestens eine, die sich für Malerei begeisterte. Es gab auf dem Campus schon eine geheime

Lotterie um die Plätze in der Nähe des Katheders. Dabei tat Tyron gar nichts, um die träumerischen Blicke der Mädchen auf sich zu ziehen, deren Hormone verrückt spielten. Ganz im Gegenteil. Er versuchte, seine Zuhörerinnen so wenig wie möglich anzuschauen. Am Ende der Vorlesungen verschwand er stets sofort; er zog sich immer unordentlich an, lächelte nur, wenn es unbedingt notwendig war, und lehnte Einladungen mit den absurdesten Begründungen ab.

Wenn er keine Vorlesungen hielt, war er am liebsten in seinem Atelier und malte, oder versuchte es zumindest. Seit er aus der Toskana zurückgekommen war, war ihm noch kein einziges Bild gelungen. Er füllte Leinwand um Leinwand, doch es passierte immer das Gleiche: Irgendwann hielt er inne, verweilte einen Moment mit dem Pinsel in der Luft, sah aus dem Fenster und ließ das Bild stehen, ohne es zu vollenden. Er hatte Dutzende E-Mails mit Aufträgen erhalten, doch keiner sagte ihm zu.

An jenem Morgen hielt er eine Vorlesung über die italienische Renaissance. Als jemand an die Tür klopfte, sprach Professor Lane gerade über einen Maler aus Perugia, der Il Pinturicchio genannt wurde.

»Herein!«

»Guten Tag«, sagte der Hausmeister. »Im Lehrerzimmer wartet Besuch auf Sie.«

Tyron sah auf die Uhr, bevor er antwortete. »Danke, sagen Sie ihm bitte, er möge ein paar Minuten auf mich warten. Ich muss noch einen Gedanken zu Ende bringen. Heute hören wir etwas früher auf, Fragen können Sie beim nächsten Mal stellen.«

Es folgte ein enttäuschtes Murmeln der Studentinnen, die immer auf den Moment am Ende der Vorlesung warteten, in dem sie Fragen stellen und die Aufmerksamkeit des Professors erringen konnten.

Tyron lief durch die Gänge und fragte sich, wer der geheimnisvolle Gast wohl war. Die Einzigen, die ihn dort aufsuchten, waren die Mädchen, aber die befanden sich alle im Hörsaal. Den Rest der Welt hielt ihm seine Agentin auf Distanz.

Im Halbdunkel des Lehrerzimmers sah er niemanden. Er wollte schon wieder gehen, als er im hintersten Winkel ein Profil im Gegenlicht entdeckte. Es war eine Frau, die ihm halb den Rücken zuwandte, ihr Haar war hochgesteckt. Sie sah aus dem Fenster und schien seine Ankunft nicht bemerkt zu haben.

»Guten Tag, ich bin Professor Lane. Sie wollten mich sprechen?«

Die Frau lächelte und sah sein Spiegelbild im Fenster.

»Wollen Sie mich vielleicht auch diesmal im Profil malen?«, fragte sie und wandte sich um.

»Was ist passiert? Bist du verzaubert?«

Tyron stand tatsächlich da wie erstarrt, sein Atem setzte aus und er wäre beinahe umgefallen.

Er näherte sich ihr dennoch, und mit zitternden Fingern löste er ihr langes Haar.

»Du bist so schön … Du musst aus einem Traum stammen.«

Er fuhr mit der Hand in seine Sakkotasche und zog den zerknitterten Brief heraus.

»Der ist für dich. Ich habe ihn schon vor langer Zeit geschrieben, aber ich traue der Post nicht, zum Glück bist du gekommen, um ihn abzuholen.«

»Zum Glück hat es jemand an deiner Stelle getan«, antwortete Sofia und legte ihre Arme um seinen Hals.

Tyron sah sie verständnislos an.

»Vittoria. Sie hat ihn mir geschickt. Wenn ich auf dich gewartet hätte …«

Wieder einmal war seine Agentin sein Schutzengel gewesen.

Die beiden küssten sich lange. Dann umarmte er sie fest, aus Angst, sie könne wie eine Halluzination wieder im Nichts verschwinden.

»Endlich kann ich der Liebe wieder in die Augen sehen. Ich liebe dich, Sofia, ich liebe dich und werde es so oft wiederholen, bis es dir auf die Nerven geht.«

Sofia machte sich von ihm los, zog aus ihrer Manteltasche die Mundharmonika und reichte sie ihm.

»Du hast sie in Cetona vergessen. Vielleicht hast du Lust, mir etwas vorzuspielen.«

Zum ersten Mal in all den Jahren freute sich Tyron, das verhexte Instrument wiederzusehen, das stets zu ihm zurückkehrte.

EPILOG

Die achthundert Jahre alte Kirche Santissima Trinità ist der perfekte Rahmen für Hochzeiten. In Orten wie Cetona nimmt die gesamte Bevölkerung an solchen Ereignissen teil. Es gab auch niemanden, der die Familie Ferretti nicht gernhatte.

Keiner wollte die Heirat eines Mädchens verpassen, das in Cetona geboren und aufgewachsen war. An jenem warmen Augustmorgen waren alle gekommen, obwohl es nicht das Dorffest war. Die Kirche war bis zum letzten Platz gefüllt und alle anderen standen draußen auf dem Kirchplatz. Plötzlich hörten die Plaudereien auf, erst im Freien und dann in der Kirche; Stille kehrte ein.

Die Braut kam am Arm ihres Vaters. Als sie die Kirche betraten, drang das helle Licht von draußen ins

Halbdunkel des Kirchenschiffs und ihr weißes Kleid sah aus wie ein herabgefallener Sonnenstrahl.

Tyron stand vorn am Altar und warf Andrea einen Blick zu. Dieser trug seine Galauniform mit sämtlichen Orden und lächelte so strahlend wie nie zuvor in seinem Leben.

Marcella hatte aufgehört zu weinen und warf einen Blick auf ihre Kinder, bevor sie sich wieder ganz ihren Gefühlen hingab. Das Einzige, was mich stört, ist, dass meine Tränen mir das Schauspiel verschleiern, dachte sie.

Endlich trat die Braut vor den Alter.

Giulias Traum, Brautjungfer ihrer besten Freundin zu sein, ging in Erfüllung. Neben ihr saß Hauptmann Andrea, der nun für immer nach Italien zurückgekehrt war.

Sein Lächeln deutete darauf hin, dass es vielleicht bald wieder eine Hochzeit zu feiern gab. Giulia und Andrea, die sich nach Jahren an Sofias Krankenbett wiedergesehen hatten, hatten ihre Freundschaft neu entdeckt, doch etwas war noch hinzugekommen: Zuneigung und Gefühle, und bald waren sie unsterblich ineinander verliebt. Da sie sich schon so lange kannten, war dann alles sehr schnell gegangen, so als hätte diese Liebe viel zu lange warten müssen.

Tyron hatte seine Agentin Vittoria Mirri als Trauzeugin gewählt; schließlich hatte sie großen Anteil am Zustandekommen dieser Hochzeit. Die Glocken läuteten zur Feier des Brautpaares, das von den Zuschauern beglückwünscht und mit Reis überschüttet wurde. Gutmütig blickte von oben die mittelalterliche Burg auf sie herab, die jahrhundertelang die Liebe von Burgfräuleins und Rittern miterlebt hatte.

Tyron zog nun für immer nach Cetona und malte in seinem Atelier Bilder, die in Vittoria Mirris Galerie in Florenz ausgestellt wurden. Sofia unterrichtete weiter an der Grundschule und sie lebten in der Wohnung, in der sie sich kennengelernt hatten.

Eine leichte Brise wehte auf der Terrasse und Tyron schloss die Augen, um sie richtig zu genießen. Hinter ihm saß Sofia auf der Bank und betrachtete seine Gestalt im Gegenlicht der am Horizont untergehenden Sonne. Tyron wirkte von hinten, als sei er in ekstatische Bewunderung des Panoramas versunken, und es tat ihr leid, ihn in die Wirklichkeit zurückzuholen.

»Weißt du, ich habe mir gedacht …«

»Was?«, sagte er ermutigend, bevor er aufstand und sich neben sie setzte.

»Ich möchte etwas Wichtiges mit dir besprechen. Ich hoffe, es macht dir nichts aus, darüber zu reden.«

Tyron nahm ihre Hand. »Vielleicht hast du es nicht verstanden, wahrscheinlich, weil ich mich in der ersten Zeit so idiotisch benommen habe. Ich möchte mit dir immer über alles sprechen, über die einfachsten und die schwierigsten Dinge. Mit dir an meiner Seite habe ich vor nichts mehr Angst.«

»Umso besser. Wir müssen aus unseren Fehlern lernen und alles miteinander teilen. Vor allem, weil unsere Familie bald größer wird.«

»Willst du damit sagen, dass …«

Sofia war schöner denn je und fuhr ihm mit der Hand durchs Haar. Dann wurde sie ernst, blickte auf den Monte Cetona und sagte. »Ja, das Schicksal hat uns ein Geschenk gemacht und ich bin sicher, dass diesmal alles gut gehen wird.«

Sie zeigte auf den Spruch, der in die Bank eingeritzt war:

ICH MÖCHTE NUR MIT DIR DEN ERSTEN KAFFEE AM MORGEN TRINKEN, DAS GENÜGT MIR SCHON, ABER ES MUSS JEDEN MORGEN FÜR DEN REST DES LEBENS SEIN.

»Siehst du, wenn wir jeden Morgen nebeneinander aufwachen, kann nichts Böses geschehen.«

Tyron nickte, vor Rührung konnte er nicht sprechen. Sie umarmten sich fest, und dann wandelten sie weiter auf dem Pfad der Liebe zu den Klängen einer Mundharmonika.

DANK

Zuallererst möchte ich Annalisa Del Vecchio danken, denn dass im Web von mir die Rede ist, ist vor allem ihr Verdienst. Wäre sie nicht mehr mein literarischer Schatten, dann würde ich vermutlich aufhören zu schreiben. Ich danke meiner Frau, meinen Töchtern, meinen Eltern und meinem Bruder, weil ich ohne sie überhaupt nichts tun könnte. Danke auch an meine wunderbare Literaturagentin Vicki Satlow, ohne die ich heute niemandem danken könnte. Catena und Giuseppe Fiorello, zwei Freunden, die wie Geschwister für mich sind, danke ich ebenfalls. Dank an Mattia Signorini, dass er gesagt hat: »Er könnte Italiens Nicholas Sparks werden.« Dank an Nicola Balossi Rastelli, die mir bei allen Romanen geholfen haben. Dank an Alberto Tomassoni, meinen Dario, meinen Giorgio Rizzo, meine Vittoria Mirri. Dank an die Familie Giussani und die Filmfirma Ocean, die mich meinem Traum nähergebracht haben, meine Worte eines Tages in Bilder verwandelt zu sehen. Dank an den Drehbuchautor und Regisseur Vittorio Moroni, dass er mir die Ehre erwiesen hat, das Drehbuch für den Film *Der erste Kaffee am Morgen* zu schreiben. Dank an Fabrizio Serafini und Gianfreda Cristiana, einen Freund und eine Schwägerin, die für mich unverzichtbar sind. Dank an Marco Frattesi, dessen Hand immer auf meiner Schulter liegt. Dank an die Familie Vinci, die zu meinem Leben gehört. Dank an Maria Rosaria, Giorgio, Chiara, Francesco, Barbara, Maurizio, Martina, Andrea und all diejenigen, die eines Abends am Flughafen Fiumicino waren mit dem Spruchband DIEGO FOR PRESIDENT. Dank an Lara Giorcelli, Valentina Rossi, Marta Bellini, Cinzia Carlino, Laura de Mezza, Alessandra Frigerio und alle Mitarbeiter von Sperling & Kupfer, die den Barista, der den verrückten Anspruch hat, auch Schriftsteller zu sein, unterstützt haben und weiter unterstützen werden. Dank an Daniela Thiele, Berta Noy und Tomasz Kwiecien, dass sie mich auch über Italien hinaus bekannt gemacht haben. Dank an Anna Rita Paolicelli, die den magischen Satz »Ich möchte nur…« ins Netz gestellt hat. Dank an die Schriftstellerin Francesca Giuliani, die mir riet, nicht mit Kommas zu übertreiben. Ich danke auch Floriana Amoruso, meine Sponsorin aus Apulien. Dank an Marta Gargiulo, weil sie auf ihrer Facebook-Seite »Ich möchte von Büchern überschwemmt werden« geschrieben hat, dass *Das sizilianische Mädchen* der beste italienische Roman ist. Ich danke meinem Webdesigner Luigi d´Antonio. Dank an Marco Onofri und Mariarita Pocino, dass sie von Anfang an an mich geglaubt haben. Meinen Cousins in Apulien danke ich, dass ich mich bei ihnen immer wie zu Hause fühlen kann. Dank an Francesco Vergovich, Valentina Bisti, Laura Colonnelli, Rossana Livolsi, Simona Caporilli und Sarina Biraghi. Dank an Ginevra Alicino, durch die ich entdeckt habe, dass die Helden meiner Romane nicht immer Geschöpfe meiner Phantasie sind. Dank an Denise Fanelli, Francesca Capogna, der Schriftstellerin Francesca Franca Baldacci, Daniela Caiazzo, Maria Capasso, Debora Di Scala, Sara Frascella, Annapia Caforio, Elena Del Corso, Bea und Cri Borella, Olga Rettore, Anna Rita Favale, Alice Spagnoli, Francesca Troiani, Valeria Siciliani, Lia Merli, Barbara

Lecce, Annamaria Platania, Simona Mirabello, Letizia Campan und all meine Leserinnen und Leser, die ich wie die Figuren in *Der erste Kaffee am Morgen* alle als Teil meiner Familie betrachte. Ich sage allen »Namaste. Ich verbeuge mich vor euch.«

UND MIT WELCHER FARBE WÜRDEST DU DIE LIEBE MALEN?

LIEBE … Was ist Liebe eigentlich? Wenn sie nur eine Farbe wäre? Ohne Form, ohne Grenzen, eine endlose Reihe von Gelb, Rosa, Rot, Violett und so weiter … Eine Palette von Gesten, Worten, Gedanken, mit der man nach eigenem Belieben kreativ sein kann, wobei man das Herz als Pinsel und das Leben als Leinwand benutzt. In meiner Geschichte wird die Liebe mit den Augen eines Künstlers dargestellt, eines Malers, einer Figur, die meisterhaft abbilden kann, was aus ihrer Seele hervorbricht, und das in der Zeit verharren lässt, was niemals enden soll und deshalb ewig dauern kann. Ein Bild kann uns ganz besondere Augenblicke schenken, weil ein Maler sein Leben, seine Gefühle, Seelenzustände und alles vor anderen Verborgene und Geheimnisvolle auf ein Bild projiziert. Eine Farbe kann ein Hilfeschrei sein, ein Moment aufrüttelnder Innenschau, eine Ode an das Glück, jenes Glück, das uns von der Routine einer Liebe mit Regeln, die für alle gelten, befreit. Eine Farbe ist Liebe, dies könnte ein Axiom sein, weil gerade eine Farbe die Liebe verewigen könnte. Wie oft ist es passiert, dass ein Kunstwerk seinen Schöpfer verewigt? Eine Liebe kann ewig dauern wie eine Farbe, die im Lauf der Zeit lebendig bleibt, dank demjenigen, der sorgfältig über sie wacht, in der Hoffnung, dass sie etwas Einzigartiges sein kann, das wirklich nur einmal im eigenen Leben geschieht. Deshalb werde ich jetzt aus Neugier meinen Roman mit einer Frage beenden und dich bitten, mit größter Ehrlichkeit auf sie zu antworten: Mit welcher Farbe würdest du die Liebe malen?

GRÜN: Du hast die Kraft der Natur, und vielleicht wirst du deshalb nicht von Eile und Hektik übermannt. Du wartest, beobachtest und freust dich über alle Nuancen des Wartens. Dann nehmen die Dinge ihren eigenen Lauf. Die Hoffnung wird dich nie verlassen, nicht einmal in den tragischsten Momenten. Du bist nachdenklich, aber nicht rational, oder so gut wie nicht, denn Hoffnung zu haben ist die schönste Verrücktheit, die es gibt. Deine Liebe ist wie grüner Tee, den man in einer Laube im englischen Garten eines Landhauses an einem Sommernachmittag genießt, begleitet vom Zirpen der Grillen. Wenn du die andere Hälfte des Apfels findest, oder wenn sie dich endlich bemerkt, führst du sie an der Hand zu einer Wiese, ohne dass ihr reden müsst. Ihr geht Seite an Seite und streckt euch dann auf dem Gras aus und achtet darauf, keine Gänseblümchen zu zerdrücken. Du brauchst keine Blütenblätter auszureißen nach dem Motto »Sie liebt mich, sie liebt mich nicht«, denn im Grunde kennst du die Antwort schon.

BLAU: Tauchen im Meer. Du bist in der Tiefe mit allen Pros und Kontras, die die Liebe hat. Die Oberfläche ist magisch, nicht so sehr wegen ihres Aussehens als wegen all dessen, was sich darunter verbirgt. Die Suche in den Wellen und Klüften des Ozeans ermöglicht es dir, die Liebe besser zu verstehen und ganz zu genießen. Sie bereitet dir aber auch den einen oder anderen kleinen Schmerz. Was kann man da tun? Du hast einen breiten Rücken und einen hellen Verstand und wirst damit die schlimmsten Stürme bestehen.

ROT: Heftige Leidenschaft. Du hast keine Zweifel, das ist dir sofort klar, und du trittst ein, ohne anzuklopfen oder um Erlaubnis zu bitten. Ganz gleich wo und wann oder mit wem, Hauptsache du bist hier jetzt und mit ihm. Du liebst mit allen fünf Sinnen. Es ist eine Liebe zum Schnuppern, Berühren, Horchen, Sehen und Beißen. Du bist dazu geschaffen, Unordnung zu schaffen und die Kennzeichen einer Landschaft wie bei einer plötzlichen Lawine zu verändern. Entweder du erlebst eine Niederlage oder trittst jemandem auf die Füße, doch wenn du den Kopf hochhältst und dein Herz immer heiter bleibt, werden dich alle gern haben, denn sie wissen, dass du nicht das Kommando hast, weil die Zügel deines Lebens in der Hand von Amor sind.

ROSA: Du kannst es verbergen, so viel du willst, aber da ist nichts zu machen, im Innern bist du das Mädchen von früher geblieben und stehst mit offenem Mund vor dem Kleid, das die gute Fee für Aschenputtel gemacht hat, und wartest mit offenen Augen auf den Kuss, der Schneewittchen weckt, oder den der Schönen, die das Biest zähmt. Wie Dornröschen könntest du hundert Jahre warten, damit dieser Tag so wird, wie er sein soll. Und sicher warst du mit allen Cousinen, Enkeln oder Töchtern von Freunden in allen Filmen, die mit einer Hochzeit enden. Du wirst dich vielleicht in einen Spieler verlieben, der nicht begriffen hat, dass du eine Prinzessin bist und irgendwann vor dem Traualtar landen möchtest, mit ihm oder ohne ihn. Du träumst von Märchen oder vielleicht träumen die Märchen von dir, und so ist es wahrscheinlich, dass alles gut geht. Nicht den Mut verlieren!

VIOLETT: Du bist ein Sonnenuntergang, kurz bevor es Nacht wird. Du magst Blumen, und besonders gefällt es dir, sie aus der Nähe zu betrachten und bei den bestäubten Blütenstängeln und den verborgensten Teilen der Blütenblätter zu verweilen. Vielleicht kennst du ihren botanischen Namen nicht, aber du könntest schwören, dass du sie schon mehrfach etwas hast flüstern hören, was nur du allein verstehen kannst. Die Liebe ist für dich kostbar, aber nicht einfach. Du wirst dir jemanden aussuchen, der schüchtern ist und ein Geheimnis besitzt, durch das du dich belebt fühlst, das dich aber auch manchmal quält. Denn im Grunde bist du der erste Mensch, der es weiß: Es gibt keine Rosen ohne Dornen. Und hier eine Empfehlung: Überzeug dich davon, dass hinter all diesen Dornen auch eine Blume steckt, sonst könnte alle Mühe umsonst sein.

SCHWARZ: Du bist elegant, perfekt und messerscharf, hart wie ein Diamant (wie die schwarzen, äußerst selten). Viele halten sich lieber von dir fern, aus Angst, von deinem Blick wie vom Blitz getroffen zu werden. Du kannst aber sicher sein, dass man dich nicht übersieht. Du hast den Vorteil, dich bei der Auswahl des passenden Verehrers nicht allzu sehr abmühen zu müssen. Nur die ganz tapferen Ritter nähern sich deiner Burg, und sehr wahrscheinlich fordern sie dich mit einem Minnelied heraus. Vielleicht musst du gar nicht wählen, sondern bist so kostbar, dass du den Wert dessen, der sich dir nähert, ganz von selbst bestimmst. Königin.

HIMMELBLAU: Du bist eine Engelsfrau. Wenn du vorbeigehst, wird das Licht heller, schlafen schreiende Neugeborene sofort ein. Sei großzügig, und deine Berührung macht alle besser. Deine Liebe gehört nicht nur einer Person, sie umfasst alles und jeden, ist fast spirituell oder religiös. Wer dich liebt, muss hinnehmen, dass er dich nicht ganz für sich hat, weil Menschen wie du aus der Erde einen besseren Ort machen.

GELB: Du bist die Sonnenfrau. Deine Energie ist ansteckend und du gibst sie gern weiter. Du willst vieles tun, dich bewegen und keinen Moment ruhig sein. Die Welt ist zu groß, um allein vor sich hin zu schmoren, das Leben zu kurz, um zu schlafen, du willst Berge erklimmen, das Meer überqueren und alle Köstlichkeiten exotischer Küchen genießen. In gewisser Weise liebst du deine Ziele mehr als deinen Mann und sicher liebt dein Mann dich mehr als du ihn. Deine Liebe ist eifersüchtig, du willst deinen Mann besitzen und mit niemandem teilen. Wenn du es könntest, würdest du alle Sitzplätze neben euch kaufen, damit du die Einzige an seiner Seite bist. Du bist der Pol eurer Beziehung, aber achte darauf, dass du deine Macht nicht missbrauchst.

Wer dich liebt, der folgt dir (oder vielleicht liebt dich der, der dir folgt).

WEISS: Alle tun so, als dächten sie nicht daran, aber letztlich ist die altmodische Ehe noch immer in Mode. Und du schämst dich nicht, es zuzugeben. Du hast einen konservativen Geschmack und möchtest eine Familie gründen, auf der Basis einer soliden Liebesgeschichte ohne Erschütterungen. Im Gegensatz zu Giulia Roberts in *Pretty Woman* ziehst du deine Laufschuhe aus und gehst sehr langsam auf hohen Absätzen, um sicher zu sein, dass der Mann im schwarzen Smoking auf der Torte dich so schnell erreicht wie möglich. Man könnte denken, dass deine Wünsche etwas zu banal sind, dass du Risiken und Abenteuer scheust, aber in Wirklichkeit hast du verstanden, was das Wichtigste ist: Dem Glück muss man nicht unbedingt nachlaufen, manchmal ist es ganz nah und man braucht es nur zu erkennen. Dein Motto ist: Früher oder später heirate ich.

Wenn Ihnen dieses Buch gefallen hat,
beachten Sie bitte auch die folgenden Seiten
mit Büchern von Diego Galdino:

Stell dir vor, du triffst
die Liebe deines Lebens.
Und sie vergisst dich.

Diego Galdino
Das sizilianische Mädchen
Taschenbuch
320 Seiten
Atlantik
ISBN 978-3-455-65105-8

Als der amerikanische Journalist Clark in Rom der Sizilianerin Lucia begegnet, weiß er, dass er die Frau seines Lebens getroffen hat. Dummerweise hat die eigenwillige Lucia, die für drei Monate als Volontärin bei seiner Zeitung arbeitet, schon Rosario, der in Siculiana auf sie wartet. Als Lucia schließlich doch dem Charme des Amerikaners und dem Zauber der Stadt Rom erliegt und in ihr Heimatdorf fährt, um mit dem Verlobten zu brechen und ihrer konservativen Familie reinen Wein einzuschenken, scheint der Weg frei für die Verliebten. Doch dann hat Lucia einen Autounfall und kann sich an die Zeit in Rom überhaupt nicht mehr erinnern.

Atlantik

Die Originalausgabe erschien 2015 unter dem Titel
Vorrei che l'amore avesse i tuoi occhi im Verlag
Sperling & Kupfer, Mailand.

Atlantik Bücher erscheinen im
Hoffmann und Campe Verlag, Hamburg.

Deutsche Erstausgabe
1. Auflage 2017

www.thiele-verlag.com
www.hoca.de *www.atlantik-verlag.de*
Übersetzung: Renée Legrand
Umschlaggestaltung: Christina Krutz, Biebesheim am Rhein
Umschlagabbildung: Irene Lamprakou/Trevillion Images
Druck und Bindung: C. H. Beck, Nördlingen
Printed in Germany
ISBN 978-3-455-00090-0

HOFFMANN
UND CAMPE

Ein Unternehmen der
GANSKE VERLAGSGRUPPE